El Alquimista

PAULO COELHO

El Alquimista

Traducción de
Monserrat Mira

Grijalbo

EL ALQUIMISTA

Título original en portugués: *O Alquimista*

© 1988, Paulo Coelho

3a. edición, 2005

Traducción: Monserrat Mira

http://www.paulocoelho.com.br

Editada y publicada según acuerdo con
Sant Jordi Asociados, Barcelona, España.

Todos los derechos reservados.
Autorizada la venta sólo en México,
Centroamérica y Puerto Rico.

D.R. 2005, Random House Mondadori, S.A. de C.V.
            Av. Homero No. 544, Col. Chapultepec Morales,
            Del. Miguel Hidalgo, C.P. 11570, México, D.F.

www. randomhousemondadori.com.mx

ISBN 968-59-5784-3

Impreso en México / *Printed in Mexico*

Para J.,
Alquimista, que conoce y utiliza
los secretos de la Gran Obra.

PREFACIO

Es importante advertir que *El Alquimista* es un libro simbólico, a diferencia de *El Diario de un Mago*, que fue un trabajo descriptivo.

Durante once años de mi vida estudié Alquimia. La simple idea de transformar metales en oro, o de descubrir el Elixir de la Larga Vida, ya era suficientemente fascinante como para atraer a cualquiera que se iniciara en Magia. Confieso que el Elixir de la Larga Vida me seducía más: antes de entender y sentir la presencia de Dios, el pensamiento de que todo se acabaría un día me desesperaba. De manera que, al enterarme de la posibilidad de conseguir un líquido capaz de prolongar muchos años mi existencia, resolví dedicarme en cuerpo y alma a su fabricación.

Era una época de grandes transformaciones sociales (el comienzo de los años setenta) y en Brasil no se encontraban aún publicaciones serias sobre Alquimia. Comencé, como uno de los personajes del libro, a gastar el poco dinero que tenía en la compra de libros importados y dedicaba muchas horas diarias al estudio de su complicada simbología. Intenté ponerme en contacto con dos o tres personas en Río de Janeiro que se dedicaban seriamente a la Gran Obra, y rehusaron recibirme. Conocí también a muchas otras personas que se decían alquimistas, poseían sus laboratorios y prometían enseñarme los secretos del Arte a cambio de verdaderas fortunas; hoy me doy cuenta de que no sabían nada de lo que ofrecían enseñarme.

A pesar de toda mi dedicación, los resultados eran absolutamente nulos. No sucedía nada de lo que los manuales de Alquimia afirmaban en su complicado lenguaje. Era un sinfín de símbolos, de dragones, leones, soles, lunas y mercurios, y yo siempre tenía la impresión de estar en el camino equivocado, porque el lenguaje simbólico permite un gigantesco margen de equívocos. En 1973, ya desesperado por la ausencia de progresos, cometí una suprema irresponsabilidad. En aquella época yo estaba contratado por la Secretaría de Educación del Mato Grosso para dar clases de teatro en dicho estado y resolví utilizar a mis alumnos en laboratorios teatrales que tenían como tema la Tabla de la Esmeralda. Esta actitud, unida a algunas incursiones mías en las áreas pantanosas de la Magia, hizo que al año siguiente yo pudiera sentir en mi propia carne la verdad del proverbio «El que la hace, la paga». Todo a mi alrededor se desplomó por completo.

Pasé los siguientes seis años de mi vida en una actitud bastante escéptica en relación con todo lo que tuviese que ver con el área mística. En este exilio espiritual aprendí muchas cosas importantes: que sólo aceptamos una verdad cuando primero la negamos desde el fondo del alma, que no debemos huir de nuestro propio destino, y que la mano de Dios es infinitamente generosa, a pesar de Su rigor.

En 1981 conocí a RAM, mi Maestro, que me reconduciría al camino que estaba trazado para mí. Y, mientras él me entrenaba en sus enseñanzas, volví a estudiar Alquimia por mi propia cuenta. Cierta noche, mientras conversábamos después de una extenuante sesión de telepatía, pregunté por qué el lenguaje de los alquimistas era tan vago y complicado.

—Existen tres tipos de alquimistas —dijo mi Maestro—. Aquellos que son vagos porque no saben de lo que están hablando; aquellos que son vagos porque saben de lo que están hablando, pero también saben que el lenguaje de la Alquimia es un lenguaje dirigido al corazón y no a la razón.

—¿Y cuál es el tercer tipo? —pregunté.

—Aquellos que jamás oyeron hablar de Alquimia pero que consiguieron, a través de sus vidas, descubrir la Piedra Filosofal.

Y con esto, mi Maestro (que pertenecía al segundo tipo) decidió darme clases de Alquimia. Descubrí entonces que el lenguaje simbólico que tanto me irritaba y desorientaba era la única manera de alcanzar el Alma del Mundo, o lo que Jung llamó «inconsciente colectivo». Descubrí la Leyenda Personal y las Señales de Dios, verdades que mi raciocinio intelectual se negaba a aceptar a causa de su simplicidad. Descubrí que alcanzar la Gran Obra no es tarea de unos pocos, sino de todos los seres humanos sobre la faz de la tierra. Es claro que no siempre la Gran Obra viene bajo la forma de un huevo o de un frasco con líquido, pero todos nosotros podemos —sin cualquier sombra de duda— sumergirnos en el Alma del Mundo.

Por eso *El Alquimista* es también un texto simbólico. En el transcurso de sus páginas, además de transmitir todo lo que aprendí al respecto, procuro homenajear a grandes escritores que consiguieron alcanzar el Lenguaje Universal: Hemingway, Blake, Borges (que también utilizó la historia persa para uno de sus cuentos) y Malba Tahan, entre otros.

Para completar este extenso prólogo e ilustrar lo que mi Maestro quería decir con el tercer tipo de alquimistas, vale la pena recordar una historia que él mismo me contó en su laboratorio:

«Nuestra Señora, con el Niño Jesús en sus brazos, decidió bajar a la tierra y visitar un monasterio. Orgullosos, todos los padres formaron una larga fila, y cada uno se acercaba ante la Virgen para rendirle su homenaje. Uno declamó bellos poemas, otro mostró las iluminaciones que había realizado para la Biblia, un tercero declamó los nombres de todos los santos. Y así sucesivamente, monje tras monje, fueron presentando sus homenajes a Nuestra Señora y al Niño Jesús.

»En el último lugar de la fila había un padre, el más humilde del convento, que nunca había aprendido los sabios textos de la época. Sus padres eran personas sencillas, que trabajaban en un viejo circo de los alrededores, y todo lo que le habían enseñado era a lanzar bolas al aire haciendo algunos malabarismos.

»Cuando llegó su turno, los otros padres quisieron terminar los homenajes, porque el antiguo malabarista no tenía nada importante que decir o hacer, y podía desacreditar la imagen del convento. No obstante, en el fondo de su corazón, él también sentía una inmensa necesidad de dar algo de sí mismo para Jesús y la Virgen.

»Avergonzado, sintiendo sobre sí la mirada reprobatoria de sus hermanos, sacó algunas naranjas de su bolsa y comenzó a tirarlas al aire, haciendo malabarismos, que era lo único que sabía hacer.

»Fue en ese instante que el Niño Jesús sonrió y comenzó a aplaudir en el regazo de Nuestra Señora. Y fue hacia él que la Virgen extendió los brazos, dejando que sostuviera un poco al Niño.»

EL AUTOR

Yendo ellos por el camino entraron en un cierto pueblo. Y una mujer, llamada Marta, los hospedó en su casa. Tenía ella una hermana, llamada María, que se sentó a los pies del Señor y permaneció oyendo sus pensamientos. Marta se agitaba de un lado a otro, ocupada en muchas tareas. Entonces se aproximó a Jesús y le dijo:

—¡Señor! ¿No te importa que yo esté sirviendo sola? ¡Ordena a mi hermana que venga a ayudarme!

Respondióle el Señor:

—¡Marta, Marta! Andas inquieta y te preocupas con muchas cosas. María, en cambio, escogió la mejor parte, y ésta no le será arrebatada.

LUCAS, 10, 38-42

PRÓLOGO

El Alquimista cogió un libro que alguien en la caravana había traído. El volumen no tenía tapas, pero consiguió identificar a su autor: Oscar Wilde. Mientras hojeaba sus páginas, encontró una historia sobre Narciso.

El Alquimista conocía la leyenda de Narciso, un hermoso joven que todos los días iba a contemplar su propia belleza en un lago. Estaba tan fascinado consigo mismo que un día se cayó dentro del lago y murió ahogado. En el lugar donde cayó, nació una flor, que fue llamada «narciso».

Pero no era así como Oscar Wilde acababa la historia:

Él decía que, cuando Narciso murió, vinieron las Oréades —diosas del bosque— y vieron al lago transformado, de un lago de agua dulce, en un cántaro de lágrimas saladas.

»—¿Por qué lloras? —le preguntaron las Oréades.

»—Lloro por Narciso —respondió el lago.

»—¡Ah, no nos asombra que llores por Narciso! —prosiguieron ellas—. Al fin y al cabo, a pesar de que nosotras siempre corríamos tras él por el bosque, tú eras el único que tenía la oportunidad de contemplar de cerca su belleza.

»—Pero ¿Narciso era bello? —preguntó el lago.

»—¿Quién podría saberlo más que tú? —respondieron, sorprendidas, las Oréades—. Al fin y al cabo era en tus márgenes que él se inclinaba para contemplarse todos los días.

»El lago se quedó algún tiempo callado. Finalmente, dijo:

»—Yo lloro por Narciso, porque cada vez que él se inclinaba sobre mis márgenes yo podía ver, en el fondo de sus ojos, mi propia belleza reflejada.

«¡Qué bella historia!», dijo el Alquimista.

PRIMERA PARTE

El muchacho se llamaba Santiago. Comenzaba a oscurecer cuando llegó con su rebaño frente a una vieja iglesia abandonada. El techo se había derrumbado hacía mucho tiempo y un enorme sicomoro había crecido en el lugar que antes ocupaba la sacristía.

Decidió pasar la noche allí. Hizo que todas las ovejas entrasen por la puerta en ruinas y entonces colocó algunas tablas, de manera que no pudieran huir durante la noche. No había lobos en aquella región, pero cierta vez un animal había escapado por la noche y él había perdido todo el día siguiente buscando a la oveja prófuga.

Cubrió el suelo con su chaqueta y se acostó, usando como almohada el libro que acababa de leer. Recordó, antes de dormir, que tenía que comenzar a leer libros más gruesos: se tardaba más en acabarlos y constituían almohadas más confortables durante la noche. *thick*

Aún estaba oscuro cuando despertó. Miró hacia arriba y vio que las estrellas brillaban a través del techo semidestruido.

«Quería dormir un poco más», pensó. Había tenido el mismo sueño que la semana pasada y otra vez se había despertado antes del final.

Se levantó y tomó un trago de vino. Después cogió el cayado y empezó a despertar a las ovejas que aún dormían. Se había dado cuenta de que, en cuanto él se despertaba, la mayoría de los animales también lo hacía. Como si hubiera alguna misteriosa energía uniendo su vida a la de aquellas ovejas que desde hacía dos años recorrían con él la tierra, en busca de agua y alimento. «Ya se han acostumbrado tanto a mí que conocen mis horarios», dijo en voz baja. Reflexionó un momento y pensó que también podía ser lo contrario: era él quien se había acostumbrado al horario de las ovejas.

Algunas de ellas, no obstante, tardaban un poco más en levantarse; el muchacho las despertó, una por una con su cayado, llamando a cada cual por su nombre. Siempre había creído que las ovejas eran capaces de entender lo que él les hablaba. Por eso acostumbraba a veces leerles los trechos de los libros que le habían impresionado, o hablarles de la soledad y de la alegría de un pastor en el campo, o comentarles las últimas novedades que veía en las ciudades por las que acostumbraba pasar.

En los dos últimos días, no obstante, su tema había sido prácticamente uno solo: la niña, hija del comerciante, que vivía en la ciudad adonde llegarían dentro de cuatro días. Sólo había estado una vez allí, el año anterior. El comerciante era dueño de una tienda de tejidos y le gustaba ver siempre esquilar a las ovejas en su presencia, para evitar falsificaciones. Un amigo le había indicado la tienda, y el pastor había llevado sus ovejas allí.

—Necesito vender lana —le dijo al comerciante.

La tienda del hombre estaba llena, y el comerciante pidió al pastor que esperase hasta el atardecer. Él se sentó en la acera frente a la tienda y sacó un libro de su alforja.

—No sabía que los pastores fueran capaces de leer libros —dijo una voz femenina a su lado.

Era una joven típica de la región de Andalucía, con sus cabellos negros lisos y los ojos que recordaban vagamente a los antiguos conquistadores moros.

—Es porque las ovejas enseñan más que los libros —respondió el muchacho. Se quedaron conversando durante más de dos horas. Ella le contó que era hija del comerciante y habló de la vida en la aldea, donde cada día era igual al otro. El pastor le habló sobre los campos de Andalucía y sobre las últimas novedades que había visto en las ciudades que visitó. Estaba contento por no tener que conversar siempre con las ovejas.

—¿Cómo aprendiste a leer? —le preguntó la moza, en cierto momento.

—Como todo el mundo —respondió el chico—. En la escuela.

—Y, si sabes leer, ¿por qué eres sólo un pastor?

El muchacho dio una disculpa cualquiera para no responder a aquella pregunta. Estaba seguro de que la chica jamás lo entendería. Siguió contando sus historias de viaje, y los pequeños ojos moros se abrían y cerraban de espanto y sorpresa. A medida que el tiempo fue pasando, el muchacho comenzó a desear que aquel día no se acabase nunca, que el padre de la joven siguiera ocupado mucho tiempo y le mandase esperar tres días. Se dio cuenta de que estaba sintiendo algo que nunca había sentido antes: las ganas de quedarse a vivir en una ciudad para siempre. Con la niña de cabellos negros, los días nunca serían iguales.

Pero el comerciante finalmente llegó y le mandó esquilar cuatro ovejas. Después le pagó lo estipulado y le pidió que volviera al año siguiente.

Ahora faltaban apenas cuatro días para llegar nuevamente a la misma aldea. Estaba excitado y al mismo tiempo inseguro: tal vez la chica ya lo hubiera olvidado. Por allí pasaban muchos pastores para vender lana.

—No importa —dijo el muchacho a sus ovejas—. Yo también conozco otras chicas en otras ciudades.

Pero en el fondo de su corazón él sabía que sí importaba. Y que tanto los pastores, como los marineros, como los viajantes de comercio, siempre conocían una ciudad donde había alguien capaz de hacer que olvidaran la alegría de viajar libres por el mundo.

El día comenzó a abrirse y el pastor colocó a las ovejas en dirección al sol. «Ellas nunca necesitan tomar una decisión —pensó—. Quizá por eso permanezcan siempre tan cerca de mí.» La única necesidad que las ovejas sentían era la de agua y alimento. Mientras el muchacho conociese los mejores pastos de Andalucía, ellas serían siempre sus amigas. Aunque los días fueran todos iguales, con largas horas arrastrándose entre el nacimiento y la puesta del sol; aunque jamás hubieran leído un solo libro en sus cortas vidas y no conocieran la lengua de los hombres que contaban las novedades en las aldeas, estaban contentas con su alimento, y esto bastaba. A cambio, ofrecían generosamente su lana, su compañía y —de vez en cuando— su carne.

«Si hoy me volviera un monstruo y decidiese matarlas, una por una, ellas sólo se darían cuenta cuando casi todo el rebaño hubiese sido exterminado —pensó el muchacho—. Porque confían en mí y se olvidaron de confiar en su propio instinto. Sólo porque las llevo hasta el agua y la comida.»

El muchacho comenzó a extrañarse de sus propios pensamientos. Quizá la iglesia, con aquel sicomoro creciendo dentro, estuviese embrujada. Había hecho que soñase el mismo sueño por segunda vez y le estaba provocando una sensación de rabia contra sus compañeras, siempre tan fieles. Bebió un poco de vino que le había sobrado de la cena la noche anterior y apretó contra el cuerpo su chaqueta. Sabía que en pocas horas, con el sol alto, el calor sería tan fuerte que no podría conducir a las ovejas por el campo. Era la hora en que toda España dormía en verano. El calor se prolongaba hasta la noche y durante todo ese tiempo él tenía que estar cargando la chaqueta. No obstante, cuando pensaba en quejarse de su peso, siempre se acordaba de que gracias a ella no había sentido frío por la mañana.

«Tenemos que estar siempre preparados para las sorpresas del tiempo», pensaba entonces, y se sentía agradecido por el peso de la chaqueta.

La chaqueta tenía una finalidad, y el muchacho también. En dos años de recorrido por las planicies de Andalucía él ya se conocía de memoria todas las ciudades de la región, y ésta era la gran razón de su vida: viajar. Estaba pensando en explicar esta vez a la chica por qué un simple pastor sabe leer: había estado hasta los dieciséis años en un seminario. Sus padres querían que él fuese cura, motivo de orgullo para una sencilla familia campesina que trabajaba apenas para comida y agua, como sus ovejas. Estudió latín, español y teología. Pero desde niño soñaba con conocer el mundo y esto era mucho más importante que conocer a Dios y los pecados de los hombres. Cierta tarde, al visitar a su familia, se había armado de coraje y había dicho a su padre que no quería ser cura. Quería viajar.

—Hombres de todo el mundo ya pasaron por esta aldea, hijo —dijo el padre—. Vienen en busca de cosas nuevas, pero continúan siendo las mismas personas. Van hasta la colina para conocer el castillo y creen que el pasado era mejor que el presente. Pueden tener los cabellos rubios o la piel oscura, pero son iguales a los hombres de nuestra aldea.

—Pero no conozco los castillos de las tierras de donde vienen —replicó el muchacho.

—Estos hombres, cuando conocen nuestros campos y a nuestras mujeres, dicen que les gustaría vivir siempre aquí —continuó el padre.

—Quiero conocer a las mujeres y las tierras de donde ellos vinieron —dijo el chico—, porque ellos nunca se quedan por aquí.

—Los hombres traen el bolsillo lleno de dinero —dijo otra vez el padre—. Entre nosotros, sólo los pastores viajan.

—Entonces seré pastor.

El padre no dijo nada más. Al día siguiente, le dio una bolsa con tres antiguas monedas españolas de oro.

—Las encontré un día en el campo. Iban a ser tu dote para

la Iglesia. Compra tu rebaño y recorre el mundo hasta aprender que nuestro castillo es el más importante y que nuestras mujeres son las más bellas.

Y lo bendijo. En los ojos del padre él leyó también el deseo de recorrer el mundo. Un deseo que aún persistía, a pesar de las decenas de años que había intentado sepultarlo con agua, comida y el mismo lugar para dormir todas las noches.

El horizonte se tiñó de rojo y después apareció el sol. El muchacho recordó la conversación con el padre y se sintió alegre; ya había conocido muchos castillos y muchas mujeres (aunque ninguna igual a aquella que lo esperaba dentro de dos días). Tenía una chaqueta, un libro que podía cambiar por otro y un rebaño de ovejas. Lo más importante, sin embargo, era que cada día realizaba el gran sueño de su vida: viajar. Cuando se cansara de los campos de Andalucía podía vender sus ovejas y hacerse marinero. Cuando se cansara del mar, habría conocido muchas ciudades, muchas mujeres y muchas oportunidades de ser feliz.

«No entiendo cómo buscan a Dios en el seminario», pensó, mientras miraba al sol que nacía. Siempre que le era posible buscaba un camino diferente para recorrer. Nunca había estado en aquella iglesia antes, a pesar de haber pasado tantas veces por allí. El mundo era grande e inagotable, y si él dejara que las ovejas lo guiaran apenas un poquito, iba a terminar descubriendo más cosas interesantes. «El problema es que ellas no se dan cuenta de que están haciendo caminos nuevos cada día. No perciben que los pastos cambiaron, que las estaciones son diferentes, porque sólo están preocupadas por el agua y la comida. Quizá suceda lo mismo con todos nosotros —pensó el pastor—. Hasta conmigo, que no pienso en otras mujeres desde que conocí a la hija del comerciante.»

Miró al cielo y calculó que llegaría a Tarifa antes de la hora del almuerzo. Allí podría cambiar su libro por otro más voluminoso, llenar la bota de vino, afeitarse y cortarse el pelo; tenía que estar bien para encontrarse con la chica y no quería pensar en la posibilidad de que otro pastor hubiera llegado antes que él, con más ovejas, para pedir su mano.

«Es justamente la posibilidad de realizar un sueño lo que torna la vida interesante», reflexionó, mientras miraba nuevamente al cielo y apretaba el paso. Acababa de acordarse de que en Tarifa vivía una vieja capaz de interpretar los sueños. Y él había tenido un sueño repetido aquella noche.

La vieja condujo al muchacho hasta un cuarto, en el fondo de la casa, separado de la sala por una cortina hecha con tiras de plástico de varios colores. Dentro de él había una mesa, una imagen del Sagrado Corazón de Jesús y dos sillas.

La vieja se sentó y le pidió que hiciese lo mismo. Después le cogió las manos y empezó a rezar en voz baja.

Parecía un rezo gitano. El muchacho ya había encontrado a muchos gitanos por el camino; los gitanos viajaban y, sin embargo, no cuidaban ovejas. La gente decía que su vida consistía siempre en engañar a los demás; también decían que tenían pacto con los demonios y que raptaban criaturas para tenerlas como esclavas en sus misteriosos campamentos. Cuando era pequeño el muchacho siempre había tenido mucho miedo a ser raptado por gitanos, y ese temor antiguo revivió mientras la vieja le sujetaba las manos.

«Pero tiene la imagen del Sagrado Corazón de Jesús», pensó, procurando calmarse. No quería que sus manos empezaran a temblar y la vieja percibiese su miedo. Rezó un Padre Nuestro en silencio.

—Qué interesante —dijo la vieja, sin quitar los ojos de la

mano del muchacho. Y se volvió a quedar callada. El chico se estaba poniendo nervioso. Sin poderlo impedir, sus manos empezaron a temblar, y la vieja se dio cuenta. Él las retiró rápidamente.

—No vine aquí para que me leyeran las manos —dijo, ya arrepentido de haber entrado en aquella casa. Pensó por un momento que era mejor pagar la consulta e irse de allí sin saber nada. Le estaba dando demasiada importancia a un sueño repetido.

—Viniste a saber de sueños —respondió la vieja—. Y los sueños son el lenguaje de Dios. Cuando Él habla el lenguaje del mundo, yo puedo interpretarlo. Pero si habla el lenguaje de tu alma, sólo tú podrás entenderlo. Y te voy a cobrar la consulta de cualquier manera.

«Otro truco», pensó el muchacho. Sin embargo, decidió arriesgarse. Un pastor corre siempre el riesgo de los lobos o de la sequía, y esto es lo que hace más excitante la profesión de pastor.

—Tuve el mismo sueño dos veces seguidas —dijo—. Soñé que estaba en un prado con mis ovejas cuando aparecía un niño y empezaba a jugar con ellas. No me gusta que se metan con mis ovejas, porque se asustan de los extraños. Pero los niños siempre consiguen tocar a los animales sin que ellos se asusten. No sé por qué. No sé cómo los animales pueden saber la edad de los seres humanos.

—Vuelve a tu sueño —dijo la vieja—. Tengo una olla en el fuego. Además, tienes poco dinero y no puedes tomar todo mi tiempo.

—El niño seguía jugando con las ovejas durante algún tiempo

—continuó el muchacho, un poco presionado— y de repente me cogía de la mano y me llevaba hasta las Pirámides de Egipto.

El chico esperó un poco para ver si la vieja sabía lo que eran las Pirámides de Egipto. Pero la vieja continuó callada.

—Entonces, en las Pirámides de Egipto —pronunció las tres últimas palabras lentamente, para que la vieja pudiera entender bien— el niño me decía: «Si vienes hasta aquí encontrarás un tesoro escondido». Y, cuando iba a mostrarme el lugar exacto, me desperté. Las dos veces.

La vieja continuó en silencio durante algún tiempo. Después volvió a coger las manos del muchacho y a estudiarlas atentamente.

—No voy a cobrarte nada ahora —dijo la vieja—, pero quiero una décima parte del tesoro si lo encuentras.

El muchacho rió, feliz. ¡Iba a ahorrar el poco dinero que tenía gracias a un sueño que hablaba de tesoros escondidos! La vieja debía de ser realmente una gitana, porque los gitanos son burros.

—Entonces interpreta el sueño —le pidió.

—Antes, jura. Júrame que me vas a dar la décima parte de tu tesoro a cambio de lo que voy a decirte.

El chico juró. La vieja le pidió que repitiera el juramento, mirando a la imagen del Sagrado Corazón de Jesús.

—Es un sueño del Lenguaje del Mundo —dijo ella—. Puedo interpretarlo, aunque es una interpretación muy difícil. Por eso creo que merezco mi parte de tu hallazgo. He aquí la interpretación: tienes que ir hasta las Pirámides de Egipto. Nunca oí hablar de ellas, pero si fue un niño el que te las mostró es porque existen. Allí encontrarás un tesoro que te hará rico.

El muchacho quedó sorprendido y después irritado. No necesitaba haber buscado a la vieja para esto. Finalmente recordó que no iba a pagar nada.

—Para esto no necesitaba haber perdido mi tiempo —dijo.

—Por eso te dije que tu sueño era difícil. Las cosas simples son las más extraordinarias, y sólo los sabios consiguen verlas. Ya que no soy una sabia, tengo que conocer otras artes, como la lectura de las manos.

—¿Y cómo voy a llegar hasta Egipto?

—Yo sólo interpreto sueños. No sé transformarlos en realidad. Por eso tengo que vivir de lo que mis hijas me dan.

—¿Y si yo no llego hasta Egipto?

—Me quedo sin cobrar. No será la primera vez.

Y la vieja no dijo nada más. Le pidió al muchacho que se fuera, porque ya había perdido mucho tiempo con él.

El muchacho salió decepcionado y decidido a nunca más creer en sueños. Se acordó de que tenía varias cosas que hacer: fue al colmado a comprar algo de comida, cambió su libro por otro más grueso y se sentó en un banco de la plaza para saborear el nuevo vino que había comprado. Era un día caluroso y el vino, por uno de esos misterios insondables, conseguía refrescar un poco su cuerpo. Las ovejas estaban en la entrada de la ciudad, en el establo de un nuevo amigo suyo. Conocía a mucha gente por aquellas zonas y por eso le gustaba viajar. Uno siempre acaba haciendo amigos nuevos y no es necesario quedarse con ellos día tras día. Cuando vemos siempre a las mismas personas (y esto pasaba en el seminario) terminamos haciendo que pasen a formar parte de nuestras vidas. Y como ellas forman parte de nuestras vidas, pasan también a querer modificar nuestras vidas. Y si no somos como ellas esperan que seamos, se molestan. Porque todas las personas saben exactamente cómo debemos vivir nuestra vida.

Y nunca tienen idea de cómo deben vivir sus propias vidas. Como la mujer de los sueños, que no sabía transformarlos en realidad.

Resolvió esperar a que el sol estuviera un poco más bajo antes de seguir con sus ovejas en dirección al campo. En tres días más estaría con la hija del comerciante.

Empezó a leer el libro que había conseguido con el cura de Tarifa. Era un libro grande, que hablaba de un entierro ya desde la primera página. Además, los nombres de los personajes eran complicadísimos. Pensó que, si algún día él escribía un libro, colocaría los personajes apareciendo en forma sucesiva, para que los lectores no tuviesen tanto trabajo al recordar nombres.

Cuando consiguió concentrarse un poco en la lectura —y era buena, porque hablaba de un entierro en la nieve, lo que le transmitía una sensación de frío debajo de aquel inmenso sol—, un viejo se sentó a su lado y empezó a buscar conversación.

—¿Qué están haciendo? —preguntó el viejo, señalando a las personas en la plaza.

—Trabajando —respondió el muchacho secamente, y volvió a fingir que estaba concentrado en la lectura. En verdad estaba pensando en esquilar las ovejas ante la hija del comerciante, para que ella viera cómo era capaz de hacer cosas interesantes. Ya había imaginado esta escena muchas veces: en todas ellas, la chica quedaba deslumbrada cuando él empezaba a explicarle que las ovejas deben ser esquiladas desde atrás hacia delante. También intentaba acordarse de algunas buenas historias para contarle mientras esquilaba a las ovejas. La mayoría las había leído en los libros, pero las contaría como si las hubiera vivido personalmente. Ella nunca se enteraría de la diferencia, porque no sabía leer libros.

El viejo, sin embargo, insistió. Explicó que estaba cansado, con sed, y le pidió un trago de vino. El muchacho le ofreció su botella; quizá así se callaría.

Pero el viejo quería conversar de cualquier manera. Le preguntó qué libro estaba leyendo. Él pensó en ser descortés y cambiarse de banco, pero su padre le había enseñado a respetar a los ancianos. Entonces ofreció el libro al viejo por dos razones: la primera es que no sabía pronunciar el título, y la segunda que, si el viejo no supiera leer, sería él quien se cambiaría de banco para no sentirse humillado.

—Humm... —dijo el viejo, inspeccionando el volumen por todos lados, como si fuese un objeto extraño—. Es un libro importante, pero es muy aburrido.

El muchacho quedó sorprendido. El viejo también leía, y además ya había leído aquel libro. Y si era aburrido, como él decía, aún tendría tiempo de cambiarlo por otro.

—Es un libro que habla de lo que casi todos los libros hablan —continuó el viejo—, de la incapacidad que las personas tienen para escoger su propio destino. Y termina haciendo que todo el mundo crea la mayor mentira del mundo.

—¿Cuál es la mayor mentira del mundo? —indagó, sorprendido, el muchacho.

—Es ésta: en determinado momento de nuestra existencia, perdemos el control de nuestras vidas y ellas pasan a ser gobernadas por el destino. Ésta es la mayor mentira del mundo.

—Conmigo no sucedió esto —dijo el muchacho—. Querían que yo fuese cura, pero yo decidí ser pastor.

—Así es mejor —dijo el viejo— porque te gusta viajar.

«Ha adivinado mi pensamiento», reflexionó el chico. El viejo, mientras tanto, hojeaba el grueso libro sin la menor intención de devolverlo. El muchacho notó que él vestía una ropa extraña; parecía un árabe, lo que no es raro en aquella región. África quedaba a pocas horas de Tarifa; sólo había que cruzar el pequeño estrecho en un barco. Muchas veces aparecían árabes en la ciudad, haciendo compras y rezando oraciones extrañas varias veces al día.

—¿De dónde es usted? —preguntó.

—De muchas partes.

—Nadie puede ser de muchas partes —dijo el muchacho—. Yo soy un pastor y estoy en muchas partes, pero soy de un único lugar, de una ciudad cercana a un castillo antiguo. Allí fue donde nací.

—Entonces podemos decir que yo nací en Salem.

El muchacho no sabía dónde estaba Salem, pero no quiso preguntarlo para no sentirse humillado con la propia ignorancia. Permaneció un rato contemplando la plaza. Las personas iban y venían, y parecían muy ocupadas.

—¿Cómo está Salem? —preguntó, buscando alguna pista.

—Como siempre.

Esto no era ninguna pista. Pero sabía que Salem no estaba en Andalucía, si no él ya la habría conocido.

—¿Y qué hace usted en Salem? —insistió.

—¿Que qué es lo que hago en Salem? —El viejo por primera vez soltó una carcajada.

—¡Vamos! ¡Yo soy el rey de Salem!

«La gente dice muchas cosas raras —pensó el muchacho—. A veces es mejor estar con las ovejas, que son calladas y se limitan a buscar alimento y agua. O es mejor estar con los libros, que cuentan historias fantásticas, siempre en los momentos en que uno quiere oírlas, pero cuando uno habla con personas, ellas dicen ciertas cosas que nos dejan sin saber cómo continuar la conversación.»

—Mi nombre es Melquisedec —dijo el viejo—. ¿Cuántas ovejas tienes?

—Las suficientes —respondió el muchacho. El viejo estaba queriendo saber demasiado sobre su vida.

—Entonces estamos ante un problema. No puedo ayudarte mientras tú encuentres que tienes las ovejas suficientes.

El muchacho se irritó. No había pedido ayuda. Era el viejo quien había pedido vino, conversación y el libro.

—Devuélvame el libro —dijo—. Tengo que ir a buscar mis ovejas y seguir adelante.

—Dame la décima parte de tus ovejas —dijo el viejo— y yo te enseñaré cómo llegar hasta el tesoro escondido.

El chico volvió entonces a acordarse del sueño y de repente todo se hizo claro. La vieja no le había cobrado nada, pero el viejo —que quizá fuese su marido— iba a conseguir arrancarle mucho más dinero a cambio de una información inexistente. El viejo debía de ser gitano también.

Sin embargo, antes de que el muchacho dijese nada el viejo se inclinó, cogió una rama y comenzó a escribir en la arena de la plaza. Cuando se inclinaba, se vio alguna cosa brillar en su pecho con tanta intensidad que casi cegó al muchacho. Pero en un movimiento excesivamente rápido para alguien de su edad, volvió a cubrir el brillo con el manto. Los ojos del muchacho recobraron su normalidad y pudo ver lo que el viejo estaba escribiendo.

En la arena de la plaza principal de la pequeña ciudad, él leyó el nombre de su padre y de su madre. Leyó la historia de su vida hasta aquel momento, los juegos de su infancia, las noches frías del seminario. Leyó el nombre de la hija del comerciante, que ignoraba. Leyó cosas que jamás había contado a nadie, como el día en que robó el arma de su padre para matar venados, o su primera y solitaria experiencia sexual.

«Soy el rey de Salem», había dicho el viejo.

—¿Por qué un rey conversa con un pastor? —preguntó el muchacho, avergonzado y admiradísimo.

—Existen varias razones. Pero la más importante es que tú has sido capaz de cumplir tu Leyenda Personal.

El muchacho no sabía lo que era la Leyenda Personal.

—Es aquello que siempre deseaste hacer. Todas las personas, al comienzo de su juventud, saben cuál es su Leyenda Personal. En ese momento de la vida todo es claro, todo es posible, y ellas no tienen miedo de soñar y desear todo aquello que les gustaría hacer en sus vidas. No obstante, a medida que el tiempo va pasando, una misteriosa fuerza trata de convencerlas de que es imposible realizar la Leyenda Personal.

Lo que el viejo estaba diciendo no tenía mucho sentido para el muchacho. Pero él quería saber lo que eran esas «fuerzas misteriosas»; la hija del comerciante se quedaría boquiabierta con esto.

—Son fuerzas que parecen malas, pero en verdad te están enseñando cómo realizar tu Leyenda Personal. Están preparando tu espíritu y tu voluntad, porque existe una gran verdad en este planeta; seas quien seas o hagas lo que hagas, cuando deseas con firmeza alguna cosa, es porque este deseo nació en el alma del Universo. Es tu misión en la Tierra.

—¿Aunque sólo sea viajar? ¿O casarse con la hija de un comerciante de tejidos?

—O buscar un tesoro, El Alma del Mundo es alimentada por la felicidad de las personas. O por la infelicidad, la envidia, los celos. Cumplir su Leyenda Personal es la única obligación de los hombres. Todo es una sola cosa. Y cuando quieres alguna cosa, todo el Universo conspira para que realices tu deseo.

Durante algún tiempo permanecieron silenciosos, contemplando la plaza y la gente. Fue el viejo quien habló primero.

—¿Por qué cuidas ovejas?

—Porque me gusta viajar.

Él señaló a un vendedor de palomitas de maíz que, con su carrito rojo, estaba en un lado de la plaza.

—Aquel vendedor también deseó viajar, cuando era niño, pero prefirió comprar un carrito para vender sus palomitas y así juntar dinero durante años. Cuando sea viejo, proyecta pasar un mes en África. Jamás entendió que la gente siempre está en condiciones de realizar lo que sueña.

—Debía haber elegido ser pastor —pensó en voz alta el muchacho.

—Lo pensó —dijo el viejo—. Pero los vendedores de palomitas de maíz son más importantes que los pastores. Tienen una casa, mientras que los pastores duermen a la intemperie. Las personas prefieren casar a sus hijas con vendedores de palomitas antes que con pastores.

El muchacho sintió una punzada en el corazón al pensar en la hija del comerciante. En su ciudad debía de haber algún vendedor de palomitas.

—En fin, que lo que las personas piensan sobre vendedores de palomitas y pastores pasa a ser más importante para ellas que la Leyenda Personal.

El viejo hojeó el libro y se distrajo leyendo una página. El chico esperó un poco, y lo interrumpió de la misma manera que él lo había interrumpido.

—¿Por qué hablas de todo esto conmigo?

—Porque tú intentas vivir tu Leyenda Personal. Y estás a punto de desistir de ella.

—¿Y tú apareces siempre en esos momentos?

—No siempre de esta forma, pero jamás dejé de aparecer. A veces aparezco bajo la forma de una buena salida, de una buena idea. Otras veces, en un momento crucial, hago que todo se vuelva más fácil. Y cosas así. Pero la mayor parte de la gente no se da cuenta.

El viejo le contó que una semana antes había tenido que aparecer ante un «garimpeiro» (buscador de oro y piedras preciosas) bajo la forma de una piedra. El garimpeiro lo había dejado todo para partir en busca de esmeraldas. Durante cinco años trabajó en un río y había partido 999,999 piedras en busca de una esmeralda. En ese momento el garimpeiro pensó en desistir y sólo le faltaba una piedra, solamente UNA PIEDRA para descubrir su esmeralda. Como él había sido un hombre que había apostado por su Leyenda Personal, el viejo decidió intervenir. Se transformó en una piedra, que rodó sobre el pie del garimpeiro. Éste, con la rabia y la frustración de los cinco años perdidos, arrojó la piedra lejos. Pero la arrojó con tanta fuerza, que se golpeó contra otra y se rompió, mostrando la esmeralda más bella del mundo.

—Las personas aprenden muy pronto su razón de vivir —dijo el viejo, con cierta amargura en los ojos—. Tal vez sea por eso que desisten tan pronto también. Pero así es el mundo.

Entonces el muchacho se acordó de que la conversación había empezado con el tesoro escondido.

—Los tesoros son levantados de la tierra por los torrentes de agua y enterrados también por ellos —dijo el viejo—. Si quieres saber sobre tu tesoro, tendrás que cederme la décima parte de tus ovejas.

—¿Y no sirve una décima parte del tesoro?

El viejo se decepcionó:

—Si empiezas por prometer lo que aún no tienes, perderás tu voluntad para conseguirlo.

El muchacho le contó que había prometido una décima parte del tesoro a la gitana.

—Los gitanos son muy pillos —suspiró el viejo—. De cualquier manera, es bueno que aprendas que todo en la vida tiene un precio. Y esto es lo que los Guerreros de la Luz intentan enseñar.

El viejo devolvió el libro al muchacho.

—Mañana, a esta misma hora, me traes aquí una décima parte de tus ovejas. Y yo te enseñaré cómo conseguir el tesoro escondido. Buenas tardes.

Y desapareció por una de las esquinas de la plaza.

El muchacho intentó leer el libro, pero ya no consiguió concentrarse. Estaba agitado y tenso, porque sabía que el viejo decía la verdad. Se fue hasta el vendedor y le compró una bolsa de palomitas mientras meditaba si debía contarle lo que le había dicho el viejo. «A veces es mejor dejar las cosas como están», pensó el chico, y no dijo nada. Si se lo contaba, el vendedor se pasaría tres días pensando en abandonarlo todo, pero estaba muy acostumbrado a su carrito. Él podía evitarle ese sufrimiento.

Comenzó a caminar sin rumbo por la ciudad y llegó hasta el puerto. Había un pequeño edificio, y en él una ventanilla donde la gente compraba pasajes. Egipto estaba en África.

—¿Quieres algo? —preguntó el hombre de la ventanilla.

—Quizá mañana —contestó el chico, alejándose. Sólo con vender una oveja podría cruzar hasta el otro lado del estrecho. Era una idea que le espantaba.

—Otro soñador —dijo el hombre de la ventanilla a su ayudante, mientras el muchacho se alejaba—. No tiene dinero para viajar.

Cuando estaba en la ventanilla el muchacho se había acordado de sus ovejas y sintió miedo de volver junto a ellas. Había pasado dos años aprendiendo todo sobre el arte del pastoreo: sabía esquilar, cuidar a las ovejas preñadas, proteger a los animales de los lobos. Conocía todos los campos y pastos de Andalucía. Conocía el precio justo de comprar y vender cada uno de sus animales.

Decidió volver al establo de su amigo por el camino más largo. La ciudad también tenía un castillo, y él resolvió subir la rampa de piedra y sentarse en una de sus murallas. Desde allí arriba podía verse África. Alguien le había explicado cierta vez que por allí llegaron los moros, que ocuparon durante tantos años casi toda España. El muchacho detestaba a los moros. Eran ellos los que habían traído a los gitanos.

Desde allí podía ver también casi toda la ciudad, incluso la plaza donde había conversado con el viejo.

«Maldita la hora en que encontré a ese viejo», pensó. Había ido solamente a buscar una mujer que interpretase sueños. Ni la mujer ni el viejo concedían importancia al hecho de que él era un pastor. Eran personas solitarias, que ya no confiaban más en la vida y no entendían que los pastores terminan aficionándose a sus ovejas. Él conocía los detalles de cada una de ellas: sabía cuál cojeaba, cuál tendría cría dentro de dos meses y cuáles eran las más perezosas. Sabía también cómo esquilarlas y cómo matarlas. Si se decidía a partir, ellas sufrirían.

Un viento comenzó a soplar. Él conocía aquel viento: la gente lo llamaba «levante», porque con este viento llegaron también las hordas de infieles. Hasta conocer Tarifa, nunca había pensado que África estuviera tan cerca. Esto era un gran peligro: los moros podrían invadir nuevamente.

El levante comenzó a soplar más fuerte. «Estoy entre las ovejas y el tesoro», pensaba el muchacho. Tenía que decidirse entre una cosa a la que se había acostumbrado y otra cosa que le gustaría tener. Estaba también la hija del comerciante, pero ella no era tan importante como las ovejas, porque no dependía de él. Hasta era posible que ni se acordara de él. Tuvo la seguridad de que si no aparecía dentro de dos días, la chica ni siquiera lo notaría; para ella todos los días eran iguales y cuando todos los días parecen iguales es porque las personas dejaron de percibir las cosas buenas que aparecen en sus vidas siempre que el sol cruza el cielo.

«Yo abandoné a mi padre, a mi madre y al castillo de mi ciudad. Ellos se acostumbraron y yo me acostumbré. Las ovejas también se acostumbrarán a mi ausencia», pensó el muchacho.

Desde allá arriba contempló la plaza. El vendedor de palomitas continuaba vendiendo sus papelinas. Una joven pareja se sentó en el banco donde él había estado conversando con el viejo y se dieron un largo beso.

«El vendedor de palomitas...», se dijo a sí mismo, sin completar la frase. Porque el levante había comenzado a soplar con más fuerza y él se quedó sintiendo el viento en el rostro. El viento traía a los moros, es verdad, pero también traía el olor del desierto y de las mujeres cubiertas con velo. Traía el sudor y los sueños de los hombres que un día habían partido en busca de lo desconocido, de oro, de aventuras... y de pirámides. El muchacho comenzó a envidiar la libertad del viento y percibió que podría ser como él. Nada se lo impedía, excepto él mismo. Las ovejas, la hija del comerciante, los campos de Andalucía, eran apenas los pasos de su Leyenda Personal.

Al día siguiente, el muchacho se encontró con el viejo al mediodía. Traía seis ovejas consigo.

—Estoy sorprendido —dijo—. Mi amigo compró inmediatamente las ovejas. Dijo que toda su vida había soñado con ser pastor y que esto era una buena señal.

—Es siempre así —dijo el viejo—. Lo llamamos el Principio Favorable. Si vas a jugar a las cartas por primera vez, verás que casi con seguridad ganarás. Es suerte de principiante.

—¿Y por qué?

—Porque la vida quiere que tú vivas tu Leyenda Personal.

Después comenzó a examinar a las seis ovejas y descubrió que una de ellas cojeaba. El muchacho le explicó que esto no tenía importancia, porque era la más inteligente y producía bastante lana.

—¿Dónde está el tesoro? —preguntó.

—El tesoro está en Egipto, cerca de las Pirámides.

El muchacho se asustó. La vieja había dicho lo mismo, pero no había cobrado nada.

—Para llegar hasta él, tendrás que seguir las señales. Dios escribió en el mundo el camino que cada hombre debe seguir. Sólo hay que leer lo que Él escribió para ti.

Antes de que el muchacho dijera nada, una mariposa comenzó a revolotear entre él y el viejo. Se acordó de su abuelo: cuando era pequeño, su abuelo le había dicho que las mariposas son señal de buena suerte. Como los grillos, las mariquitas, las lagartijas y los tréboles de cuatro hojas.

—Esto —dijo el viejo, que era capaz de leer sus pensamientos— es exactamente como tu abuelo te enseñó. Éstas son las señales.

Después el viejo abrió el manto que le cubría el pecho. El muchacho quedó impresionado con lo que vio, y recordó el brillo que había notado el día anterior: el viejo tenía un pectoral de oro macizo, cubierto de piedras preciosas.

Era realmente un rey. Debía de ir disfrazado así para huir de los asaltantes.

—Toma —dijo el viejo, sacando una piedra blanca y una piedra negra que estaban sujetas en el centro del pectoral de oro—. Se llaman Urim y Tumim. La negra quiere decir «sí» y la blanca quiere decir «no». Cuando tengas dificultad para percibir las señales, te serán de utilidad. Hazles siempre una pregunta objetiva. Pero en general procura tomar tú las decisiones. El tesoro está en las Pirámides y esto tú ya lo sabías, pero tuviste que pagar seis ovejas porque yo te ayudé a tomar una decisión.

El muchacho se guardó las piedras en la alforja. De ahora en adelante, tomaría sus propias decisiones.

—No te olvides de que todo es una sola cosa. Y, sobre todo, no te olvides de llegar hasta el fin de tu Leyenda Personal.

»Antes, sin embargo, me gustaría contarte una pequeña historia:

»Cierto mercader envió a su hijo para aprender el Secreto de la Felicidad con el más sabio de todos los hombres. El joven anduvo durante cuarenta días por el desierto hasta llegar a un hermoso castillo, en lo alto de una montaña. Allí vivía el Sabio que buscaba.

»Sin embargo, en vez de encontrar a un hombre santo, nuestro héroe entró en una sala y vio una actividad inmensa: mercaderes que entraban y salían, personas conversando en los rincones, una pequeña orquesta que tocaba melodías suaves y una mesa repleta de los más deliciosos manjares de aquella región del mundo. El Sabio conversaba con todos, y el joven tuvo que esperar dos horas hasta que le llegó el momento de ser atendido.

»El Sabio escuchó atentamente el motivo de su visita, pero le dijo que en aquel momento no tenía tiempo de explicarle el Secreto de la Felicidad. Le sugirió que diese un paseo por su palacio y volviese dos horas más tarde.

»—Pero quiero pedirte un favor —completó el Sabio, entregándole una cucharita de té en la que dejó caer dos gotas de aceite—. Mientras estés caminando, llévate esta cucharita, cuidando de que el aceite no se derrame.

»El joven comenzó a subir y bajar las escalinatas del palacio, manteniendo siempre los ojos fijos en la cuchara. Pasadas las dos horas, retornó a la presencia del Sabio.

»—¿Qué tal? —preguntó el Sabio—. ¿Viste los tapices de Persia que hay en mi comedor? ¿Viste el jardín que el Maestro de los Jardineros tardó diez años en crear? ¿Reparaste en los bellos pergaminos de mi biblioteca?

»El joven, avergonzado, confesó que no había visto nada. Su única preocupación había sido no derramar las gotas de aceite que el Sabio le había confiado.

»—Pues entonces vuelve y conoce las maravillas de mi mundo —dijo el Sabio—. No puedes confiar en un hombre si no conoces su casa.

»Ya más tranquilo, el joven cogió nuevamente la cuchara y volvió a pasear por el palacio, esta vez mirando con atención todas las obras de arte que adornaban el techo y las paredes. Vio los jardines, las montañas a su alrededor, la delicadeza de las flores, el esmero con que cada obra de arte estaba colocada en su lugar. De regreso a la presencia del Sabio, le relató detalladamente todo lo que había visto.

»—¿Pero dónde están las dos gotas de aceite que te confié? —preguntó el Sabio.

»El joven miró la cuchara y se dio cuenta de que las había derramado.

»—Pues éste es el único consejo que tengo para darte —le dijo el más Sabio de los Sabios—. El Secreto de la Felicidad está en mirar todas las maravillas del mundo, pero nunca olvidarse de las dos gotas de aceite en la cuchara.

El muchacho guardó silencio. Había comprendido la historia del viejo rey: al pastor le gusta viajar, pero jamás olvida a sus ovejas.

El viejo miró al muchacho y con las dos manos extendidas hizo algunos gestos extraños sobre su cabeza. Después cogió las ovejas y siguió su camino.

En lo alto de la pequeña ciudad de Tarifa existe un viejo fuerte construido por los moros, y quien se sienta en sus murallas consigue ver al mismo tiempo una plaza, un vendedor de palomitas de maíz y un pedazo de África. Melquisedec, el rey de Salem, se sentó aquella tarde en la muralla del fuerte y sintió el viento de levante en su rostro. Las ovejas se agitaban a su lado, con miedo del nuevo dueño, y excitadas ante tantos cambios. Todo lo que ellas querían era apenas comida y agua.

Melquisedec contempló el pequeño barco que estaba zarpando del puerto. Nunca más volvería a ver al muchacho, del mismo modo que jamás volvió a ver a Abraham, después de haberle cobrado el diezmo. No obstante, ésa era su obra.

Los dioses no deben tener deseos, porque los dioses no tienen Leyenda Personal. Sin embargo, el rey de Salem deseó íntimamente que el muchacho tuviera éxito.

«Qué pena si se olvida enseguida de mi nombre —pensó—. Debería habérselo repetido varias veces. Así, cuando hablase de mí, diría que soy Melquisedec, el rey de Salem.»

Después miró hacia el cielo, un poco arrepentido:

«Sé que es vanidad de vanidades, como Tú dijiste, Señor. Pero un viejo rey a veces tiene que estar orgulloso de sí mismo.»

«¡Qué extraña es África!», pensó el muchacho.

Estaba sentado en una especie de bar, igual a otros que había encontrado en las callejuelas estrechas de la ciudad. Algunas personas fumaban una pipa gigante, que era pasada de boca en boca. En pocas horas había visto a hombres cogidos de la mano, mujeres con el rostro cubierto y sacerdotes que subían a altas torres y comenzaban a cantar, mientras todos a su alrededor se arrodillaban y golpeaban la cabeza contra el suelo.

«Cosas de infieles», se dijo. Cuando era niño, veía siempre en la iglesia de su aldea una imagen de Santiago Matamoros en su caballo blanco, con la espada desenvainada y figuras como aquellas bajo sus pies. El muchacho se sentía mal y terriblemente solo. Los infieles tenían una mirada siniestra.

Además de eso, con las prisas de viajar, se había olvidado de un detalle, un único detalle que podía alejarlo de su tesoro por mucho tiempo: en aquel país todos hablaban árabe.

El dueño del bar se aproximó y el muchacho le señaló una bebida que había sido servida en otra mesa. Era un té amargo. Hubiera preferido beber vino.

Pero no debía preocuparse por esto ahora. Tenía que pensar exclusivamente en su tesoro y en la manera de conseguirlo. La venta de las ovejas lo había dejado con bastante dinero en el bolso y el muchacho sabía que el dinero era mágico: con él jamás nadie está solo. Dentro de poco, quizá en unos días, estaría junto a las Pirámides. Un viejo con todo aquel oro en el pecho no tenía necesidad de mentir para obtener seis ovejas.

El viejo le había hablado de señales. Mientras atravesaba el mar, había estado pensando en las señales. Sí, sabía a qué se refería: durante el tiempo en que estuvo en los campos de Andalucía se había acostumbrado a leer en la tierra y en los cielos las condiciones del camino que debía seguir. Había aprendido que cierto pájaro indicaba la cercanía de alguna serpiente, y que determinado arbusto era señal de la presencia de agua a pocos kilómetros. Las ovejas le habían enseñado esto.

«Si Dios conduce tan bien a las ovejas, también conducirá al hombre», reflexionó, y se quedó más tranquilo. El té parecía menos amargo.

—¿Quién eres? —oyó que le preguntaba una voz, en español.

El muchacho se sintió inmensamente aliviado. Estaba pensando en señales y alguien había aparecido.

—¿Cómo es que hablas español? —preguntó.

El recién llegado era un hombre joven, vestido a la manera de los occidentales, pero el color de su piel indicaba que debía de ser de aquella ciudad. Tendría más o menos su misma altura y edad.

—Casi todo el mundo aquí habla español. Estamos sólo a dos horas de España.

—Siéntate y pide algo a mi cuenta —dijo el muchacho—. Y pide un vino para mí. Detesto este té.

—No hay vino en este país —dijo el recién llegado—. La religión no lo permite.

El muchacho le explicó entonces que debía llegar a las Pirámides. Estuvo a punto de hablarle del tesoro, pero decidió callarse. Si no, el árabe era capaz de querer una parte a cambio de llevarlo hasta allí. Se acordó de lo que el viejo le había dicho respecto de las ofertas.

—Me gustaría que me llevaras hasta allí, si es posible. Puedo pagarte como guía. ¿Tú tienes alguna idea de cómo llegar?

El muchacho se dio cuenta de que el dueño del bar andaba cerca, escuchando atentamente la conversación. Se sentía molesto por su presencia, pero había encontrado un guía y no podía perder esta oportunidad.

—Hay que atravesar todo el desierto del Sahara —dijo el recién llegado— y para eso se necesita dinero. Quiero saber si tienes el dinero suficiente.

El muchacho encontró extraña la pregunta. Pero confiaba en el viejo y el viejo le había dicho que cuando se quiere alguna cosa, el Universo siempre conspira a favor.

Sacó su dinero del bolsillo y se lo mostró al recién llegado. El dueño del bar se acercó y miró también. Los dos intercambiaron algunas palabras en árabe. El dueño del bar parecía irritado.

—¡Vámonos! —dijo el recién llegado—. Él no quiere que nos quedemos aquí.

El muchacho se sintió aliviado. Se levantó para pagar la cuenta, pero el dueño lo agarró y comenzó a hablarle sin parar. El muchacho era fuerte, pero estaba en tierra extranjera. Fue su nuevo amigo quien empujó al dueño hacia un lado y al chico hasta la calle.

—Quería tu dinero —dijo—. Tánger no es igual al resto de África. Estamos en un puerto y en los puertos hay siempre muchos ladrones.

Él podía confiar en su nuevo amigo. Le había ayudado en una situación crítica. Sacó nuevamente el dinero y lo contó.

—Podemos llegar mañana a las Pirámides —dijo el otro, cogiendo el dinero—. Pero necesito comprar dos camellos.

Salieron andando por las estrechas calles de Tánger. En todas las esquinas había puestos de cosas para vender. Llegaron por fin al centro de una gran plaza, donde funcionaba el mercado. Había millares de personas discutiendo, vendiendo, comprando hortalizas mezcladas con dagas, alfombras junto a todo tipo de pipas. Pero el muchacho no apartaba los ojos de su nuevo amigo. Al fin y al cabo tenía todo su dinero en las manos. Pensó en pedir que se lo devolviera, pero temió ser descortés. Él no conocía las costumbres de las tierras extrañas que estaba pisando.

«Es suficiente con vigilarlo», se dijo a sí mismo. Era más fuerte que el otro.

De repente, en medio de toda aquella confusión, apareció la espada más hermosa que jamás viera en su vida: la vaina era plateada y el cabo negro, con piedras incrustadas. Se prometió a sí mismo que cuando regresara de Egipto la compraría.

—Pregunta al dueño cuánto cuesta —pidió al amigo. Pero se dio cuenta de que se había quedado dos segundos distraído, mirándola.

Sintió el corazón comprimido, como si todo su pecho se hubiera encogido de repente. Tuvo miedo de mirar a su lado, porque sabía lo que iba a encontrar. Sus ojos continuaron fijos en la hermosa espada algunos momentos más hasta que tomó el valor suficiente y se dio la vuelta.

A su alrededor, el mercado, las personas yendo y viniendo, gritando y comprando, las alfombras mezcladas con avellanas, las lechugas junto a monedas de cobre, los hombres cogidos de la mano por las calles, las mujeres con velo, el olor a comida extraña, pero en ninguna parte, absoluta y definitivamente en ninguna parte, el rostro de su compañero.

El muchacho aún quiso pensar que se habían perdido momentáneamente. Resolvió quedarse allí mismo, esperando a que el otro volviera. Poco tiempo después, un individuo subió a una de aquellas torres y comenzó a cantar; todos se arrodillaron, golpearon sus cabezas en el suelo y cantaron también. Después, como un ejército de hormigas trabajadoras, deshicieron los puestos de venta y se marcharon.

El sol comenzó a irse también. El muchacho lo contempló durante mucho tiempo hasta que se escondió detrás de las casas blancas que rodeaban la plaza. Recordó que cuando aquel sol había nacido por la mañana, él estaba en otro continente, era un pastor, tenía sesenta ovejas y una cita concertada con una chica. Por la mañana sabía todo lo que le iba a suceder mientras andaba por los campos.

Sin embargo, ahora el sol se escondía, estaba en un país diferente, extraño en una tierra extraña, donde ni siquiera podía entender el idioma que hablaban. Ya no era un pastor y no tenía nada más en la vida, ni siquiera dinero para volver y empezar todo de nuevo.

«Todo esto entre el nacimiento y la puesta del mismo sol», pensó. Y sintió pena de sí mismo, porque a veces las cosas cambian en la vida en el espacio de un simple grito, antes de que las personas puedan acostumbrarse a ellas.

Le daba vergüenza llorar. Jamás había llorado delante de sus propias ovejas. Pero el mercado estaba vacío y él estaba lejos de la patria.

El muchacho lloró. Lloró porque Dios era injusto y retribuía de esta forma a las personas que creían en sus propios sueños. «Cuando yo estaba con las ovejas era feliz e irradiaba siempre felicidad a mi alrededor. Las personas me veían llegar y me recibían bien. Pero ahora estoy triste e infeliz. ¿Qué haré? Voy a ser más duro y no confiaré más en las personas, porque una de ellas me traicionó. Voy a odiar a los que encontraron tesoros escondidos, porque yo no encontré el mío. Y siempre procuraré conservar lo poco que tengo, porque soy demasiado pequeño para abarcar al mundo.»

Abrió su alforja para ver lo que tenía dentro; quizá le habría sobrado algo del bocadillo que había comido en el barco. Pero sólo encontró el libro grueso, la chaqueta y las dos piedras que· le había dado el viejo.

Al mirar las piedras experimentó una inmensa sensación de alivio. Había cambiado seis ovejas por dos piedras preciosas, salidas de un pectoral de oro. Podía vender las piedras y comprar el pasaje de regreso. «Ahora seré más listo», pensó el chico, sacando las piedras de la alforja para esconderlas en el bolsillo.

Aquello era un puerto y ésta era la única verdad que el otro chico le dijera: un puerto está siempre lleno de ladrones.

Ahora entendía también la desesperación del dueño del bar; estaba intentando avisarle que no confiara en aquel hombre. «Soy como todas las personas: veo el mundo tal como desearía que sucedieran las cosas, y no como realmente suceden.»

Se quedó mirando las piedras. Las tocó sucesivamente con cuidado, sintiendo la temperatura y la superficie lisa. Ellas eran su tesoro. El simple contacto de las piedras le dio más tranquilidad. Ellas le recordaban al viejo.

«Cuando quieres una cosa, todo el Universo conspira para ayudarte a conseguirla», le había dicho.

Le gustaría saber cómo aquello podía ser verdad. Estaba allí en un mercado vacío, sin un centavo en el bolsillo y sin ovejas para guardar aquella noche. Pero las piedras eran la prueba de que había encontrado un rey, un rey que sabía su historia, sabía acerca del arma de su padre y de su primera experiencia sexual.

«Las piedras sirven para la adivinación. Se llaman Urim y Tumim.» El muchacho colocó de nuevo las piedras dentro del saco y decidió hacer la prueba. El viejo le había dicho que formulara preguntas claras, porque las piedras sólo servían para quien sabe lo que quiere.

El muchacho preguntó entonces si la bendición del viejo continuaba aún con él.

Sacó una de las piedras. Era «sí».

—¿Voy a encontrar mi tesoro?

Metió la mano en el saco para coger una piedra cuando ambas se escurrieron por un agujero en la tela. El muchacho nunca se había dado cuenta de que su alforja estuviera rota. Se inclinó para recoger a Urim y Tumim y colocarlas otra vez dentro del saco. Al verlas en el suelo, sin embargo, otra frase surgió en su cabeza.

«Aprende a respetar y a seguir las señales», le había dicho el viejo rey.

Una señal. El chico se rió solo. Después recogió las dos piedras del suelo y volvió a colocarlas en la alforja. No pensaba coser el agujero: las piedras podrían escaparse por allí siempre que quisieran. Él había entendido que no deben preguntarse ciertas cosas para no huir del propio destino. «Prometí tomar mis propias decisiones», se dijo a sí mismo.

Pero las piedras le habían dicho que el viejo seguía con él, y esto le dio más confianza. Miró nuevamente el mercado vacío y ya no sintió la desesperación de antes. No era un mundo extraño; era un mundo nuevo.

Y, al fin y al cabo, todo lo que él quería era exactamente eso: conocer mundos nuevos. Incluso aunque jamás llegase hasta las Pirámides, él ya había ido mucho más lejos que cualquier pastor que conocía. «¡Ah, si ellos supieran que apenas a dos horas de barco existen tantas cosas diferentes!»

El mundo nuevo aparecía frente a él bajo la forma de un

mercado vacío, pero él ya había visto aquel mercado lleno de vida y nunca más lo olvidaría. Se acordó de la espada: resultó un precio caro contemplarla unos momentos, pero tampoco había visto nunca nada igual en su vida. Sintió de repente que él podía contemplar el mundo, como la pobre víctima de un ladrón o como un aventurero en busca de un tesoro.

«Soy un aventurero en busca de un tesoro», pensó, antes de que un inmenso cansancio le hiciese caer dormido.

L o despertó un hombre, golpeándolo con el codo. Se había dormido en medio del mercado y la vida de aquella plaza estaba a punto de recomenzar.

Miró alrededor, buscando a sus ovejas, y se dio cuenta de que estaba en otro mundo. En vez de sentirse triste, se sintió feliz. Ya no tenía que seguir buscando agua y comida, ahora podía seguir en busca de un tesoro. No tenía un céntimo en el bolsillo, pero tenía fe en la vida. Había escogido, la noche anterior, ser un aventurero, igual que los personajes de los libros que acostumbraba leer.

Comenzó a andar sin prisa por la plaza. Los comerciantes levantaban sus tenderetes; ayudó a un pastelero a montar el suyo. Había una sonrisa diferente en el rostro de aquel pastelero: estaba alegre, despierto ante la vida, listo para empezar un buen día de trabajo. Era una sonrisa que recordaba algo al viejo, aquel viejo y misterioso rey que había conocido.

«Este pastelero no está haciendo dulces porque quiera viajar, o porque se quiera casar con la hija de un comerciante. Este pastelero hace dulces porque le gusta hacerlos», pensó el muchacho y notó que podía hacer lo mismo que el viejo: saber si una persona está próxima o distante de su Leyenda Personal, sólo con mirarla. «Es fácil, yo nunca me había dado cuenta de esto.»

Cuando acabaron de montar el tenderete, el pastelero le ofreció el primer dulce que había hecho. El muchacho lo comió, lo agradeció y siguió su camino. Cuando ya estaba un poco alejado, se acordó de que el puesto había sido montado por una persona que hablaba árabe y la otra español. Y se habían entendido perfectamente.

«Existe un lenguaje que va más allá de las palabras —pensó el muchacho—. Ya sentí esto con mis ovejas y ahora lo estoy practicando con los hombres.»

Estaba aprendiendo varias cosas nuevas. Cosas que él ya había experimentado y que, sin embargo, eran nuevas porque habían pasado por él sin notarlas. Y no las había notado porque estaba acostumbrado a ellas. «Si aprendo a descifrar este lenguaje, sin palabras, conseguiré descifrar el mundo.»

«Todo es una sola cosa», había dicho el viejo.

Resolvió caminar sin prisas y sin ansiedad por las callejuelas de Tánger; sólo así conseguiría percibir las señales. Esto exigía mucha paciencia, pero ésta es la primera virtud que un pastor aprende.

Nuevamente se dio cuenta de que estaba aplicando a aquel mundo extraño las mismas lecciones que le habían enseñado sus ovejas.

«Todo es una sola cosa», había dicho el viejo.

El Mercader de Cristales vio nacer el día y sintió la misma angustia que experimentaba todas las mañanas. Llevaba casi treinta años en aquel mismo lugar, una tienda en lo alto de una ladera, donde raramente pasaba un comprador. Ahora era tarde para cambiar nada: lo único que sabía hacer en la vida era comprar y vender cristales. Hubo un tiempo en que mucha gente conocía su tienda: mercaderes árabes, geólogos franceses e ingleses, soldados alemanes, siempre con dinero en el bolsillo. En aquella época era una gran aventura vender cristales y él pensaba que se haría rico, y tendría hermosas mujeres en su vejez.

Pero después el tiempo fue pasando, y la ciudad también. Ceuta creció más que Tánger y el comercio cambió de rumbo. Los vecinos se mudaron, y en la ladera quedaron muy pocas tiendas. Y nadie iba a subir una ladera para ver unas pocas tiendas.

Pero el Mercader de Cristales no tenía elección. Había vivido treinta años comprando y vendiendo piezas de cristal, y ahora era demasiado tarde para cambiar de rumbo.

Durante toda la mañana estuvo mirando el movimiento de la calle. Hacía aquello desde años atrás y ya conocía el horario de cada persona. Cuando faltaban algunos minutos para el almuerzo, un muchacho extranjero se paró delante de su vitrina. Iba vestido normalmente, pero los ojos experimentados del Mercader de Cristales concluyeron que no tenía dinero. Aun así decidió esperar un momento, hasta que el muchacho se fuera.

Había un cartel en la puerta diciendo que allí se hablaban varias lenguas. El muchacho vio a un hombre aparecer tras el mostrador.

—Puedo limpiar estos jarros, si usted quiere —dijo el chico—. Tal como están ahora, nadie va a querer comprarlos.

El hombre lo miró sin decir nada.

—A cambio, usted me paga un plato de comida.

El hombre continuó en silencio, y el chico sintió que tenía que tomar una decisión. Dentro de su alforja tenía la chaqueta, que no iba a necesitar más en el desierto. La sacó y comenzó a limpiar los jarros. Durante media hora limpió todos los jarros de la vitrina. En ese intervalo entraron dos clientes y compraron algunas piezas al dueño.

Cuando acabó de limpiar todo, pidió al hombre un plato de comida.

—Vamos a comer —le dijo el Mercader de Cristales.

Puso un cartel en la puerta y fueron hasta un minúsculo bar, situado en lo alto de la ladera. En cuanto se sentaron en la única mesa existente, el Mercader de Cristales sonrió:

—No era necesario limpiar nada —dijo—. La ley del Corán obliga a dar de comer a quien tiene hambre.

—¿Entonces por qué me dejó hacer esto? —preguntó el muchacho.

—Porque los cristales estaban sucios. Y tanto tú como yo necesitábamos limpiar las cabezas de malos pensamientos.

Cuando acabaron de comer, el Mercader se dirigió al muchacho:

—Me gustaría que trabajases en mi tienda. Hoy entraron dos clientes mientras limpiabas los jarros, y esto es buena señal.

«Las personas hablan mucho de señales —pensó el pastor—, pero no se dan cuenta de lo que están diciendo. De la misma manera que yo no me daba cuenta que desde hacía muchos años hablaba con mis ovejas un lenguaje sin palabras.»

—¿Quieres trabajar para mí? —insistió el Mercader.

—Puedo trabajar el resto del día —respondió el muchacho—. Limpiaré hasta la madrugada todos los cristales de la tienda. A cambio, necesito dinero para estar mañana en Egipto.

El hombre rió de nuevo:

—Aunque limpiases mis cristales durante un año entero, aunque ganases una buena comisión de venta en cada uno de ellos, aún tendrías que conseguir dinero prestado para ir a Egipto. Hay miles de kilómetros de desierto entre Tánger y las Pirámides.

Hubo un momento de silencio tan grande que la ciudad parecía haberse dormido. Ya no existían los bazares, las discusiones de los mercaderes, los hombres que subían a los alminares y cantaban, las bellas espadas con sus puños de piedras incrustadas. Ya se habían terminado la esperanza y la aventura, los viejos reyes y las Leyendas Personales, el tesoro y las Pirámides. Era como si todo el mundo permaneciese inmóvil, porque el alma del muchacho estaba en silencio. No había dolor, sufrimiento, ni decepción; sólo una mirada vacía a través de la pequeña puerta del bar, y unas tremendas ganas de morir, de que todo se acabase para siempre en aquel instante.

El Mercader miró al muchacho, asustado. Era como si toda la alegría que había visto en él aquella mañana hubiese desaparecido de repente.

—Puedo darte dinero para que vuelvas a tu tierra, hijo mío —le dijo.

El muchacho continuó en silencio. Después se levantó, se arregló la ropa y cogió la alforja.

—Trabajaré con usted —dijo.

Y después de otro largo silencio, añadió:

—Necesito dinero para comprar algunas ovejas.

SEGUNDA PARTE

El muchacho llevaba casi un mes trabajando para el Mercader de Cristales, y no era exactamente el tipo de empleo que lo hacía feliz. El Mercader pasaba el día entero refunfuñando detrás del mostrador, pidiéndole que tuviera cuidado con las piezas, que no fuera a romper nada.

Pero continuaba en el empleo porque el Mercader era un viejo cascarrabias pero no era injusto; el muchacho recibía una buena comisión por cada pieza vendida, y ya había conseguido juntar algún dinero. Aquella mañana había hecho ciertos cálculos: si continuaba trabajando todos los días a ese ritmo, necesitaría un año entero para poder comprar algunas ovejas.

—Me gustaría hacer una estantería para los cristales —dijo el muchacho al Mercader—. Podríamos colocarla del lado de afuera para atraer a los que pasan por la parte de abajo de la ladera.

—Nunca he hecho ninguna estantería hasta ahora —respondió el Mercader—. La gente al pasar puede tropezar, y los cristales se romperían.

—Cuando yo andaba por el campo con las ovejas, si encontraban una serpiente podían morir. Pero esto forma parte de la vida de las ovejas y de los pastores.

El Mercader atendió a un cliente que deseaba tres jarras de cristal. Estaba vendiendo mejor que nunca, como si hubieran vuelto las buenas épocas en que la calle era una de las principales atracciones de Tánger.

—El movimiento ya mejoró bastante —dijo al muchacho cuando el cliente se fue—. El dinero permite que yo viva mejor y te devolverá a las ovejas en poco tiempo. ¿Para qué exigir más de la vida?

—Porque tenemos que seguir las señales —respondió el muchacho, casi sin querer; y se arrepintió de lo que había dicho, porque el Mercader nunca había encontrado un rey.

«Se llama Principio Favorable, suerte de principiante. Porque la vida quiere que tú vivas tu Leyenda Personal», había dicho el viejo.

El Mercader, no obstante, estaba entendiendo lo que el chico decía. Su simple presencia en la tienda era ya una señal y, con el dinero que entraba diariamente en caja, él no estaba nada arrepentido de haber contratado al español. Aunque el chico estuviera ganando más de lo que debía, porque como él había pensado que las ventas no aumentarían ya nunca, le había ofrecido una comisión alta, y su intuición le decía que en breve el chico estaría junto a sus ovejas.

—¿Por qué querías conocer las Pirámides? —preguntó, para cambiar el tema de la estantería.

—Porque siempre me han hablado de ellas —dijo el chico, sin mencionar su sueño. Ahora el tesoro era un recuerdo siempre doloroso y él trataba en lo posible de evitarlo.

—Yo no conozco aquí a nadie que quiera atravesar el desierto sólo para conocer las Pirámides —dijo el Mercader—. Son sólo montañas de piedras. Tú puedes construirte una en tu huerto.

—Usted nunca tuvo sueños de viajar —dijo el muchacho, mientras iba a atender a un nuevo cliente que entraba en la tienda.

Dos días después el viejo buscó al chico para hablar de la estantería.

—No me gustan los cambios —le dijo—. Ni yo ni tú somos como Hassan, el rico comerciante. Si él se equivoca en una compra, esto no le afecta mucho. Pero nosotros dos tenemos que convivir siempre con nuestros errores.

«Es verdad», pensó el chico.

—¿Por qué quieres hacer la estantería? —dijo el Mercader.

—Quiero volver lo más pronto posible con mis ovejas. Tenemos que aprovechar cuando la suerte está de nuestro lado y hacer todo lo posible por ayudarla, de la misma manera que ella nos está ayudando. Se llama Principio Favorable, o «suerte de principiante».

El viejo permaneció algún tiempo callado. Después dijo:

—El Profeta nos dio el Corán y nos dejó únicamente cinco obligaciones para seguir en nuestra existencia. La más importante es la siguiente: sólo existe un Dios. Las otras son: rezar cinco veces al día, ayunar en el mes del Ramadán, hacer caridad con los pobres...

Se interrumpió. Sus ojos se llenaron de lágrimas al hablar del Profeta. Era un hombre fervoroso y, a pesar de su carácter impaciente, procuraba vivir su vida de acuerdo con la ley musulmana.

—¿Y cuál es la quinta obligación? —preguntó el muchacho.

—Hace dos días me dijiste que yo nunca tuve sueños de viajar —respondió el Mercader—. La quinta obligación de todo musulmán es hacer un viaje. Debemos ir, por lo menos una vez en la vida, a la ciudad sagrada de La Meca.

»La Meca está mucho más lejos que las Pirámides. Cuando era joven, preferí juntar el poco dinero que tenía para poner en marcha esta tienda. Pensaba ser rico algún día para ir a La Meca. Empecé a ganar dinero, pero no podía dejar a nadie cuidando los cristales porque son cosas muy delicadas. Al mismo tiempo veía pasar frente a mi tienda a muchas personas que seguían en dirección hacia allí. Algunos peregrinos eran ricos e iban con un séquito de criados y camellos, pero la mayoría de las personas eran mucho más pobres que yo.

»Todos iban y volvían contentos, y colocaban en la puerta de sus casas los símbolos de la peregrinación. Uno de los que regresaron, un zapatero que vivía de remendar botas ajenas, me dijo que había caminado casi un año por el desierto, pero que se cansaba mucho más cuando tenía que caminar algunas manzanas en Tánger para comprar cuero.

—¿Por qué no va a La Meca ahora? —preguntó el muchacho.

—Porque La Meca es lo que me mantiene vivo. Es lo que me hace aguantar todos estos días iguales, esos jarrones silenciosos en los estantes, la comida y la cena en aquel restaurante horrible. Tengo miedo de realizar mi sueño y después no tener más motivos para continuar vivo.

»Tú sueñas con ovejas y con Pirámides. Eres diferente a mí, porque deseas realizar tus sueños. Yo sólo quiero soñar con La Meca. Ya imaginé miles de veces la travesía del desierto, mi llegada a la plaza donde está la Piedra Sagrada, las siete vueltas que debo dar en torno de ella antes de tocarla. Ya imaginé qué personas estarán a mi lado, frente a mí, y las conversaciones y oraciones que compartiremos juntos. Pero tengo miedo de que sea una gran decepción y por eso prefiero apenas soñar.

Ese día el Mercader dio permiso al muchacho para construir la estantería. No todos pueden ver los sueños de la misma manera.

Pasaron más de dos meses y la estantería atrajo a muchos clientes a la tienda de los cristales. El muchacho calculó que con seis meses más de trabajo ya podría volver a España, comprar sesenta ovejas y aun otras sesenta. En menos de un año habría duplicado su rebaño y podría negociar con los árabes, porque ya había conseguido hablar aquella lengua extraña. Desde aquella mañana en el mercado no había vuelto a utilizar a Urim y Tumim, porque Egipto pasó a ser un sueño tan distante para él, como lo era la ciudad de La Meca para el Mercader. Sin embargo, el muchacho estaba ahora contento con su trabajo y pensaba siempre en el momento en que desembarcaría en Tarifa como un vencedor.

«Acuérdate de saber siempre lo que quieres», le había dicho el viejo rey. El chico lo sabía y trabajaba para lograrlo. Quizá su tesoro había sido llegar a esa tierra extraña, encontrar a un ladrón y doblar el número de su rebaño sin haber gastado siquiera un céntimo.

Estaba orgulloso de sí mismo. Había aprendido cosas importantes, como el comercio de cristales, el lenguaje sin palabras y las señales. Una tarde vio a un hombre en lo alto de la colina, protestando porque era imposible encontrar un lugar decente para beber algo después de toda la subida. El muchacho ya conocía el lenguaje de las señales y llamó al viejo para conversar.

—Vamos a vender té a las personas que suben la colina —le dijo.

—Ya hay muchos que venden té por aquí —respondió el Mercader.

—Podemos vender té en jarras de cristal. Así las personas gustarán del té y también querrán comprar los cristales. Porque lo que más seduce a los hombres es la belleza.

El Mercader contempló al chico durante algún tiempo y no respondió nada. Pero aquella tarde, después de hacer sus oraciones y cerrar la tienda, se sentó en el borde de la acera con él y lo convidó a fumar narguile, aquella extraña pipa que usaban los árabes.

—¿Qué es lo que buscas? —preguntó el viejo Mercader de Cristales.

—Ya se lo dije. Tengo que volver a comprar las ovejas, y para eso necesito dinero.

El viejo colocó algunas brasas nuevas en el narguile, al que dio una extensa aspiración.

—Hace treinta años que tengo esta tienda. Conozco el cristal bueno y el malo y todos los detalles de su funcionamiento. Estoy acostumbrado a su tamaño y a su movimiento. Si colocas té en los cristales, la tienda crecerá y entonces tendré que cambiar mi forma de vida.

—¿Y esto no es bueno?

—Estoy acostumbrado a mi vida. Antes de que llegaras, pensaba en todo el tiempo que había perdido en el mismo lugar mientras mis amigos cambiaban, quebraban o progresaban. Esto me provocaba una inmensa tristeza. Ahora yo sé que no era exactamente así: la tienda tiene el tamaño exacto que yo siempre quise que tuviera. No quiero cambiar porque no sé cómo cambiar. Ya estoy muy acostumbrado conmigo mismo.

El muchacho no sabía qué decir. El viejo entonces continuó:

—Tú fuiste una bendición para mí. Y hoy estoy entendiendo una cosa: toda bendición que no es aceptada se transforma en una maldición. Yo no quiero nada más de la vida. Y tú me estás empujando a ver riquezas y horizontes que nunca conocí. Ahora que los conozco, y que conozco mis inmensas posibilidades, me sentiré aún peor de lo que me sentía antes. Porque sé que puedo tener todo, y no lo quiero.

«Menos mal que no le dije nada al vendedor de palomitas de maíz», pensó el muchacho.

Continuaron fumando el narguile durante algún tiempo mientras el sol se escondía. Estaban conversando en árabe, y el muchacho se sentía muy satisfecho por haber logrado hablar el idioma. Hubo una época en la que creyó que las ovejas podían enseñarle todo lo que hay que saber sobre el mundo. Pero las ovejas no sabían enseñar árabe.

«Debe de haber otras cosas en el mundo que las ovejas no saben enseñar —pensó el chico mientras miraba al Mercader en silencio—. Porque ellas sólo se ocupan de buscar agua y comida. Creo que no son ellas las que enseñan: soy yo el que aprendo.»

—Maktub —dijo, finalmente, el Mercader.

—¿Qué es esto?

—Tendrías que haber nacido árabe para comprenderlo —respondió él—. Pero la traducción sería algo así como «está escrito».

Y, mientras apagaba las brasas del narguile, le dijo al muchacho que podía empezar a vender el té en las jarras. A veces es imposible detener el río de la vida.

Los hombres llegaban cansados después de subir la ladera. Entonces allí encontraban una tienda de bellos cristales con refrescante té de menta. Los hombres entraban para beber el té, que era servido en lindas jarras de cristal.

«A mi mujer nunca se le ocurrió esto», pensaba uno, y compraba algunas piezas porque iba a tener visitas por la noche, y sus invitados quedarían impresionados por la riqueza de aquellas jarras. Otro hombre afirmó que el té tiene siempre mejor sabor cuando es servido en recipientes de cristal, pues conservaban mejor su aroma. Un tercero añadió que era tradición en Oriente utilizar jarras de cristal para el té, a causa de sus poderes mágicos.

En poco tiempo la novedad se difundió, y muchas personas empezaron a subir hasta lo alto de la ladera para conocer la tienda que estaba haciendo algo nuevo en un comercio tan antiguo. Se abrieron otras tiendas de té en vasos de cristal, pero no estaban en la cima de una colina, y por eso quedaron desiertas.

Poco después el Mercader tuvo que contratar a dos empleados más. Pasó a importar, junto con los cristales, cantidades enormes de té que eran consumidas por los hombres y mujeres con sed de cosas nuevas.

Y así transcurrieron seis meses.

El muchacho se despertó antes de que saliera el sol. Habían pasado once meses y nueve días desde que él pisara por primera vez el continente africano.

Se vistió con su ropa árabe, de lino blanco, comprada especialmente para aquel día. Se colocó el pañuelo en la cabeza, fijado por un anillo hecho de piel de camello. Se calzó las sandalias nuevas y bajó sin hacer ruido.

La ciudad aún dormía. Se hizo un sándwich de sésamo y bebió té caliente en una jarra de cristal. Después se sentó en el umbral de la puerta y fumó solo el narguile.

Fumó en silencio, sin pensar en nada, escuchando apenas el ruido siempre constante del viento que soplaba, trayendo el olor del desierto. Cuando acabó de fumar, metió la mano en uno de los bolsillos y se quedó unos instantes contemplando lo que había retirado de allí.

Había un gran mazo de billetes. El dinero suficiente para comprar ciento veinte ovejas, un pasaje de regreso y una licencia de comercio entre su país y el país donde estaba.

Esperó paciente a que el viejo se levantara y abriera la tienda. Entonces los dos fueron juntos a tomar más té.

—Me voy hoy —dijo el muchacho—. Tengo dinero para comprar mis ovejas. Usted tiene dinero para ir a La Meca.

El viejo no dijo nada.

—Pido su bendición —insistió el muchacho—. Usted me ayudó.

El viejo continuó preparando el té en silencio. Después de algún tiempo, no obstante, se dirigió al muchacho.

—Estoy orgulloso de ti —dijo—. Tú trajiste el alma a mi tienda de cristales. Pero sabes que yo no voy a La Meca. Como sabes que no volverás a comprar ovejas.

—¿Quién le dijo esto? —preguntó el muchacho, asustado.

—Maktub —dijo simplemente el viejo Mercader de Cristales.

Y lo bendijo.

El muchacho volvió a su cuarto para reunir todo lo que tenía. Eran tres bolsas llenas. Cuando ya estaba saliendo, reparó en su vieja alforja de pastor, tirada en un rincón. Estaba toda arrugada, y él casi la había olvidado. Allí dentro estaban aún el mismo libro y la chaqueta. Cuando sacó esta última, pensando en regalársela a un chico de la calle, las dos piedras rodaron por el suelo: Urim y Tumim.

El muchacho entonces se acordó del viejo rey, y se sorprendió al darse cuenta de cuánto tiempo hacía que no pensaba en él. Durante un año había trabajado sin parar, pensando sólo en conseguir dinero para no tener que volver a España con la cabeza baja.

«Nunca desistas de tus sueños —había dicho el viejo rey—. Sigue las señales.»

El muchacho recogió a Urim y Tumim del suelo y tuvo nuevamente aquella extraña sensación de que el rey estaba cerca. Había trabajado duramente un año, y las señales indicaban que ahora era el momento de partir.

«Volveré exactamente a ser lo que era antes —pensó—. Y las ovejas no me enseñarán a hablar árabe.»

Las ovejas, sin embargo, le habían enseñado una cosa mucho más importante: que había un lenguaje en el mundo que todos comprendían, y que el muchacho había usado durante todo aquel tiempo para hacer progresar la tienda. Era el lenguaje del entusiasmo, de las cosas hechas con amor y con voluntad, en busca de algo que se deseaba o en lo que se creía. Tánger ya había dejado de ser una ciudad extraña, y él sentía que de la misma manera que había conquistado aquel lugar, podría conquistar el mundo.

«Cuando deseas alguna cosa, todo el Universo conspira para que puedas realizarla», había dicho el viejo rey.

Pero el viejo rey no había hecho referencia a robos, desiertos inmensos o personas que conocen sus sueños pero no desean realizarlos. El viejo rey no había dicho que las Pirámides eran apenas una pila de piedras, y cualquiera podía hacer una pila de piedras en su huerto. Y se había olvidado de decir que cuando se tiene dinero para comprar un rebaño mayor del que él poseía, hay que comprar ese rebaño.

El muchacho cogió la alforja y la juntó con sus otros sacos. Bajó las escaleras; el viejo estaba atendiendo a una pareja extranjera, mientras otros dos clientes deambulaban por la tienda, tomando el té en jarras de cristal. Era un buen movimiento para aquella hora de la mañana.

Desde el lugar donde estaba, notó por primera vez que el cabello del Mercader recordaba bastante al cabello del viejo rey. Y se acordó de la sonrisa del pastelero el primer día en Tánger, cuando no tenía adónde ir ni qué comer; también aquella sonrisa hacía recordar al viejo rey.

«Como si él hubiera pasado por aquí y dejado una marca —pensó—. Y cada persona hubiera ya conocido a ese rey en algún momento de sus existencias. Al fin y al cabo, él dijo que siempre aparecía para quien vive su Leyenda Personal.»

Salió sin despedirse del Mercader de Cristales. No quería llorar porque la gente lo podía ver. Pero iba a sentir nostalgia de todo aquel tiempo y de todas las cosas buenas que había aprendido. Ahora tenía más confianza en sí mismo y ánimos para conquistar el mundo.

«Pero estoy volviendo a los campos que ya conozco para conducir otra vez a las ovejas.» Ya no estaba tan contento con su decisión; había trabajado un año entero para realizar un sueño y ese sueño a cada minuto iba perdiendo su importancia. Quizá porque no era un sueño.

«Quién sabe si no es mejor ser como el Mercader de Cristales; nunca ir a La Meca y vivir con la ilusión de conocerla.» Pero estaba sujetando a Urim y Tumim en sus manos, y estas piedras le daban la fuerza y la voluntad del viejo rey. Por una coincidencia (o una señal, pensó el muchacho) llegó al bar donde había entrado el primer día. No estaba el ladrón, y el dueño le llevó una taza de té.

«Siempre podré volver a ser pastor —pensó el muchacho—. Aprendí a cuidar las ovejas y nunca más me olvidaré de cómo son. Pero tal vez no tenga otra oportunidad de llegar hasta las Pirámides de Egipto. El viejo tenía un pectoral de oro y conocía mi historia. Era un rey de verdad, un rey sabio.»

Estaba apenas a dos horas del barco de las llanuras andaluzas, pero había un desierto entero entre él y las Pirámides. El muchacho quizá vio esta otra manera de enfocar la misma situación: en realidad, él estaba dos horas más cerca de su tesoro. Aunque para caminar estas dos horas, hubiera tardado un año entero.

«Sé por qué quiero volver a mis ovejas. Yo ya las conozco; no dan mucho trabajo y pueden ser amadas. No sé si el desierto puede ser amado, pero es el desierto que esconde mi tesoro. Si yo no consigo encontrarlo, siempre podré volver a casa. Pero de repente la vida me ha dado suficiente dinero y tengo todo el tiempo que necesito; ¿por qué no?»

Sintió una alegría inmensa en aquel momento. Siempre podía volver a ser pastor de ovejas. Siempre podía volver a ser vendedor de cristales. Tal vez el mundo tuviera muchos otros tesoros escondidos, pero él había tenido un sueño repetido y había encontrado a un rey. Esas cosas no sucedían a cualquiera.

Estaba contento cuando salió del bar. Se había acordado de que uno de los proveedores del Mercader traía los cristales en caravanas que cruzaban el desierto. Mantuvo a Urim y Tumim en las manos; gracias a aquellas dos piedras había reemprendido el camino hacia su tesoro.

«Siempre estoy cerca de los que viven su Leyenda Personal», había dicho el viejo rey.

No costaba nada ir hasta el almacén y averiguar si las Pirámides estaban realmente muy lejos.

El Inglés estaba sentado en una construcción, oliendo a animales, sudor y polvo. No se podía llamar a aquello almacén; era apenas un corral. «Toda mi vida para tener que pasar por un lugar como éste —pensó mientras hojeaba distraído una revista de química—. Diez años de estudio me conducen a un corral.»

Pero era necesario seguir adelante. Tenía que creer en las señales. Toda su vida, todos sus estudios estuvieron concentrados en la búsqueda del lenguaje único hablado por el Universo. Primero se había interesado por el esperanto, después por las religiones y finalmente por la Alquimia. Sabía hablar esperanto, entendía perfectamente las diversas religiones, pero aún no era un alquimista. Es verdad que había conseguido descifrar cosas importantes. Pero sus investigaciones llegaron hasta un punto a partir del cual no podía progresar más. Había intentado en vano entrar en contacto con algún alquimista, pero los alquimistas eran personas extrañas que sólo pensaban en sí mismos y casi siempre rehusaban dar ayuda. Quién sabe si no habían descubierto el secreto de la Gran Obra —llamada Piedra Filosofal— y por eso se encerraban en su silencio.

Ya había gastado parte de la fortuna que su padre le había

dejado, buscando inútilmente la Piedra Filosofal. Había consultado las mejores bibliotecas del mundo y comprado los libros más importantes y más raros sobre Alquimia. En uno de ellos descubrió que, muchos años atrás, un famoso alquimista árabe había visitado Europa. Decían de él que tenía más de doscientos años, que había descubierto la Piedra Filosofal y el Elixir de la Larga Vida. El Inglés quedó impresionado con la historia. Pero esto no habría pasado de ser una leyenda más si un amigo suyo, al volver de una expedición arqueológica en el desierto, no le hubiese hablado sobre la existencia de un árabe que tenía poderes excepcionales.

—Vive en el oasis de Al-Fayoum —dijo su amigo—. Y la gente dice que tiene doscientos años y que es capaz de transformar cualquier metal en oro.

El Inglés no cabía en sí de tanta emoción. Inmediatamente canceló todos sus compromisos, juntó sus libros más importantes y ahora estaba allí, en aquel almacén parecido a un corral, mientras allá afuera una inmensa caravana se preparaba para cruzar el Sahara.

La caravana pasaba por Al-Fayoum.

«Tengo que conocer a este maldito Alquimista», pensó el Inglés.

Y el olor de los animales se hizo un poco más tolerable.

Un joven árabe, también cargado de maletas, entró en el lugar donde estaba el Inglés y lo saludó.

—¿Adónde vas? —preguntó el joven árabe.

—Al desierto —respondió el Inglés y volvió a su lectura. No quería conversar ahora. Tenía que recordar todo lo que había aprendido en diez años, porque el Alquimista seguramente lo sometería a alguna especie de prueba.

El joven árabe sacó un libro y empezó a leer. El libro estaba escrito en español. «Qué suerte», pensó el Inglés. Él sabía hablar español mejor que árabe, y si este muchacho fuese hasta Al-Fayoum, iba a tener a alguien para conversar cuando no estuviese ocupado en cosas importantes.

«Tiene gracia —pensó el muchacho mientras intentaba otra vez leer la escena del entierro con que comenzaba el libro—. Hace casi dos años que empecé a leer y no consigo pasar de estas páginas.» Aunque no había un rey que lo interrumpiera, no conseguía concentrarse. Aún tenía dudas respecto de su decisión. Pero se daba cuenta de una cosa importante: las decisiones eran solamente el comienzo de algo. Cuando alguien tomaba una decisión, estaba zambulléndose en una poderosa corriente, que llevaba a la persona hasta un lugar que jamás hubiera soñado en el momento de decidirse.

«Cuando resolví ir en busca de mi tesoro, nunca imaginé que llegaría a trabajar en una tienda de cristales —pensó el muchacho, para confirmar su razonamiento—. Del mismo modo, esta caravana puede ser una decisión mía, pero el curso que tomará será siempre un misterio.»

Frente a él había un europeo, también con un libro. El europeo era antipático y lo había mirado con desprecio cuando él entró. Podían hasta haberse hecho buenos amigos, pero el europeo había interrumpido la conversación.

El muchacho cerró el libro. No quería hacer nada que le hiciese parecerse a aquel europeo. Sacó a Urim y Tumim del bolsillo y comenzó a jugar con ellos.

El extranjero dio un grito:

—¡Un Urim y un Tumim!

El chico rápidamente volvió a guardar las piedras.

—No están en venta —dijo.

—No valen mucho —dijo el Inglés—. Son solamente cristales de roca. Hay millones de cristales de roca en la tierra pero, para quien entiende, éstos son Urim y Tumim. No sabía que existiesen en esta parte del mundo.

—Me las regaló un rey —dijo el muchacho.

El extranjero se quedó mudo. Después metió la mano en su bolsillo y retiró, tembloroso, dos piedras iguales.

—¿Has dicho un rey? —dijo.

—Y tú no crees que los reyes conversen con pastores —dijo el chico, esta vez queriendo acabar la conversación.

—Al contrario. Los pastores fueron los primeros en reconocer a un rey que el resto del mundo rehusó reconocer. Por eso es muy probable que los reyes conversen con los pastores.

Y completó, con miedo a que el muchacho no lo estuviera entendiendo:

—Está en la Biblia. El mismo libro que me enseñó a hacer este Urim y este Tumim. Estas piedras eran la única forma de adivinación permitida por Dios. Los sacerdotes las llevaban en un pectoral de oro.

El muchacho se puso contento de estar en aquel almacén.

—Quizá esto sea una señal —dijo el Inglés, como pensando en voz alta.

—¿Quién le habló de señales? El interés del chico crecía a cada momento.

—Todo en la vida son señales —dijo el Inglés, esta vez cerrando la revista que estaba leyendo—. El Universo está hecho por una lengua que todo el mundo entiende, pero que ya fue olvidada. Estoy a la búsqueda de este Lenguaje Universal, entre otras cosas.

»Por eso estoy aquí. Porque tengo que encontrar a un hombre que conoce este Lenguaje Universal. Un alquimista.

La conversación fue interrumpida por el jefe del almacén.

—Tienen suerte —dijo el árabe gordo—. Hoy por la tarde sale una caravana para Al-Fayoum.

—Pero yo voy a Egipto —dijo el muchacho.

—Al-Fayoum está en Egipto —dijo el dueño—. ¿Qué clase de árabe eres?

El muchacho dijo que era español. El Inglés se sintió satisfecho: aunque vestido de árabe, el joven, al menos, era europeo.

—Él llama «suerte» a las señales —dijo el Inglés, después que el árabe gordo se fue—. Si yo pudiese, escribiría una gigantesca enciclopedia sobre las palabras «suerte» y «coincidencia». Es con estas palabras que se escribe el Lenguaje Universal.

Después comentó con el muchacho que no había sido «coincidencia» encontrarlo con Urim y Tumim en la mano. Le preguntó si también él estaba yendo en busca del Alquimista.

—Estoy yendo en busca de un tesoro —dijo el muchacho, y se arrepintió inmediatamente.

Pero el Inglés pareció no darle importancia.

—En cierta manera, yo también —dijo.

—Y ni sé lo que quiere decir Alquimia —completó el muchacho, cuando el dueño del almacén empezó a llamarlos para salir.

—Yo soy el Jefe de la Caravana —dijo un señor de barba larga y ojos oscuros—. Tengo poder de vida y muerte sobre las personas que viajan conmigo. Porque el desierto es una mujer caprichosa, que a veces enloquece a los hombres.

Eran casi doscientas personas, y el doble de animales: camellos, caballos, burros, aves. El Inglés tenía varias maletas llenas de libros. Había mujeres, niños, y varios hombres con espadas en la cintura y largas espingardas al hombro. Una gran algarabía llenaba el lugar, y el Jefe tuvo que repetir varias veces sus palabras para que todos le entendiesen.

—Hay varios hombres y dioses diferentes en el corazón de estos hombres. Pero mi único Dios es Alá, y por él yo juro que haré lo posible y lo mejor para vencer una vez más al desierto. Ahora quiero que cada uno de ustedes jure por el Dios en el que cree, en el fondo de su corazón, que me obedecerá en cualquier circunstancia. En el desierto, la desobediencia significa la muerte.

Un murmullo recorrió a todos los presentes, que estaban jurando en voz baja ante su Dios. El muchacho juró por Jesucristo. El Inglés permaneció en silencio. El murmullo se extendió un lapso mayor que el necesario para un simple juramento, porque las personas estaban también pidiendo protección al cielo.

Se oyó un largo toque de clarín y cada uno montó en su animal. El muchacho y el Inglés habían comprado camellos, y subieron con cierta dificultad. Al muchacho le dio lástima el camello del Inglés: estaba cargado con pesados sacos llenos de libros.

—No existen coincidencias —dijo el Inglés, intentando continuar la conversación que habían iniciado en el almacén—. Fue un amigo que me trajo hasta aquí porque conocía a un árabe que...

Pero la caravana se puso en movimiento y se hizo imposible escuchar lo que el Inglés estaba diciendo. No obstante, el muchacho sabía exactamente de qué se trataba: era la cadena misteriosa que va uniendo cada cosa con la otra, que lo había llevado a ser pastor, a tener el mismo sueño repetido, y a estar en una ciudad cerca de África, y a encontrar en la plaza a un rey, y a ser robado para conocer a un mercader de cristales, y...

«Cuanto más se aproxima uno al sueño, más se va convirtiendo la Leyenda Personal en la verdadera razón de vivir», pensó el muchacho.

La caravana empezó a marchar en dirección al poniente. Viajaban de mañana, paraban cuando el sol estaba más fuerte y proseguían al atardecer. El muchacho conversaba poco con el Inglés, que pasaba la mayor parte del tiempo entretenido con sus libros.

Entonces se dedicó a observar en silencio la marcha de animales y hombres por el desierto. Ahora todo era muy diferente del día de partida. Aquel día de confusión, gritos, llantos, criaturas y relinchos de animales se mezclaban con las órdenes nerviosas de los guías y de los comerciantes. En el desierto, en cambio, sólo el viento eterno, el silencio y el casco de los animales. Hasta los guías conversaban poco entre sí.

—Ya crucé muchas veces estas arenas —dijo un camellero cierta noche—. Pero el desierto es tan grande, los horizontes tan lejanos, que hacen que uno se sienta pequeño y permanezca en silencio.

El muchacho entendió lo que el camellero quería decir, aun sin haber pisado nunca antes un desierto. Cada vez que miraba el mar o el fuego era capaz de quedarse horas en silencio, sin pensar en nada, sumergido en la inmensidad y fuerza de los elementos.

«Aprendí con ovejas y aprendí con cristales —pensó—. Puedo también aprender con el desierto. Él me parece más viejo y más sabio.»

El viento no paraba nunca. El muchacho se acordó del día en que sintió ese mismo viento, sentado en un fuerte en Tarifa. Quizá ahora estuviese rozando levemente la lana de sus ovejas, que seguían en busca de alimento y agua por los campos de Andalucía.

«Ya no son mis ovejas —se dijo para sí mismo, pero sin nostalgia—. Se deben haber acostumbrado a otro pastor y ya me habrán olvidado. Es mejor así. Quien está acostumbrado a viajar, como las ovejas, sabe que es siempre necesario partir un día.»

Se acordó después de la hija del comerciante y tuvo la seguridad de que ya se habría casado. Quién sabe si con un vendedor de palomitas o con un pastor que también supiera leer y contase historias extraordinarias; al fin y al cabo él no debía ser el único. Pero se quedó impresionado con su presentimiento: quizá él estuviese aprendiendo también esta historia del Lenguaje Universal que sabe el pasado y presente de todos los hombres. «Presentimientos», como acostumbraba decir su madre. El muchacho comenzó a entender que los presentimientos eran las rápidas zambullidas que el alma daba en esta corriente universal de vida, donde la historia de todos los hombres está ligada entre sí, y podemos saberlo todo, porque todo está escrito.

«Maktub», se dijo el muchacho, acordándose del Mercader de Cristales.

El desierto estaba hecho a veces de arena, a veces de piedra. Si la caravana llegaba frente a una piedra, la contorneaba; si se encontraba frente a una roca, daba una larga vuelta. Si la arena era demasiado fina para los cascos de los camellos, buscaban un lugar donde fuera más resistente. A veces el suelo estaba cubierto de sal, indicando que allí debía de haber existido un lago. Los animales entonces se quejaban, y los camelleros bajaban y los descargaban. Después se colocaban las cargas en sus propias espaldas, pasaban sobre el suelo traicionero y nuevamente cargaban a los animales. Si un guía se enfermaba y moría, los camelleros lo echaban a suertes y escogían a un nuevo guía.

Pero todo esto sucedía por una única razón: por muchas vueltas que tuviera que dar, la caravana seguía siempre en dirección a un mismo punto. Después de vencidos los obstáculos, ella colocaba de nuevo su frente hacia el astro que indicaba la posición del oasis. Cuando las personas veían aquel astro brillando en el cielo por la mañana, sabían que estaba indicando un lugar con mujeres, agua, dátiles y palmeras. Sólo el Inglés no se enteraba de todo eso: estaba la mayor parte del tiempo sumergido en la lectura de sus libros.

El muchacho también tenía un libro que había intentado leer durante los primeros días de viaje. Pero encontraba mucho más interesante contemplar la caravana y escuchar al viento. Así que aprendió a conocer mejor a su camello y, al aficionarse a él, tiró el libro. Era un peso innecesario, a pesar de que el chico había creado la superstición de que cada vez que abría el libro encontraba a alguien importante.

Terminó haciendo amistad con el camellero que viajaba siempre a su lado. De noche, cuando paraban y descansaban alrededor de las hogueras, acostumbraba contar sus aventuras como pastor al camellero.

Durante una de esas conversaciones, el camellero comenzó a su vez a hablarle de su vida.

—Yo vivía en un lugar cercano a El Cairo —contó—. Tenía mi huerto, mis hijos y una vida que no iba a cambiar hasta el momento de mi muerte. Un año que la cosecha fue mayor, fuimos todos hasta La Meca y yo cumplí con la única obligación que me faltaba cumplir en la vida. Podía morir en paz, y me agradaba la idea...

»Cierto día la tierra comenzó a temblar, y el Nilo se desbordó. Lo que yo pensaba que sólo acontecía a los otros, terminó pasándome a mí. Mis vecinos tuvieron miedo de perder sus olivos con las inundaciones; mi mujer de que nuestros hijos fueran llevados por las aguas, y yo tuve terror de ver destruido todo lo que había conquistado.

»Pero no hubo solución. La tierra quedó inutilizada y tuve que buscar otro medio de subsistencia. Hoy soy camellero. Pero si entendí la palabra de Alá: nadie siente miedo de lo desconocido, porque cualquier persona es capaz de conquistar todo lo que quiere y necesita.

»Sólo sentimos miedo de perder aquello que tenemos, sean nuestras vidas o nuestras plantaciones. Pero este miedo pasa cuando entendemos que nuestra historia y la historia del mundo fueron escritas por la misma Mano.

A veces las caravanas se encontraban durante la noche. Siempre una de ellas tenía lo que la otra necesitaba, como si realmente todo estuviera escrito por una sola Mano. Los camelleros intercambiaban informaciones sobre las tormentas de viento y se reunían en torno a las hogueras, contando las historias del desierto.

Otras veces llegaban misteriosos hombres encapuchados; eran beduinos que espiaban las rutas seguidas por las caravanas. Daban noticias de asaltantes y de tribus bárbaras. Llegaban y partían en silencio, con sus ropas negras que sólo dejaban ver sus ojos.

Una de esas noches el camellero se acercó hasta la hoguera donde el muchacho estaba sentado junto al Inglés.

—Hay rumores de guerra entre los clanes —dijo el camellero.

Los tres se quedaron callados. El muchacho notó que el miedo flotaba en el aire, aunque nadie hubiese dicho ni una palabra. Nuevamente estaba percibiendo el lenguaje sin palabras, el Lenguaje Universal.

Después de cierto tiempo, el Inglés preguntó si había peligro.

—Quien entra en el desierto no puede volver atrás —dijo el camellero—. Y cuando no se puede volver atrás, sólo debemos preocuparnos por la mejor manera de seguir hacia adelante. El resto es por cuenta de Alá, incluso el peligro.

Y concluyó diciendo la misteriosa palabra: «Maktub».

—Deberías prestar más atención a las caravanas —dijo el muchacho al Inglés, después de que el camellero se fue—. Ellas dan muchas vueltas, pero mantienen siempre el mismo rumbo.

—Y tú deberías leer más sobre el mundo —respondió el Inglés—. Los libros son iguales a las caravanas.

El inmenso grupo de hombres y animales comenzó a andar más rápido. Además del silencio durante el día, las noches —cuando las personas acostumbraban reunirse para conversar en torno a las hogueras— comenzaron a hacerse también silenciosas. Cierto día el Jefe de la Caravana decidió que no podían encenderse más hogueras, para no llamar la atención.

Los viajeros pasaron a formar una amplia rueda con los animales y dormían todos en el centro, intentando protegerse del frío nocturno. El Jefe colocó centinelas armados alrededor del grupo.

Una de aquellas noches, el Inglés no podía dormir. Llamó al muchacho y comenzaron a pasear por las dunas, alrededor del campamento. Era una noche de luna llena y el muchacho contó al Inglés toda su historia.

El Inglés quedó fascinado con el relato de la tienda que había progresado después de que el chico había empezado a trabajar allí.

—Éste es el principio que mueve todas las cosas —dijo—. En Alquimia se le denomina el Alma del Mundo. Cuando deseas algo con todo tu corazón, estás más próximo al Alma del Mundo. Es una fuerza siempre positiva.

Le dijo también que ése no era sólo un don exclusivo de los hombres; todas las cosas sobre la faz de la tierra tenían también un alma, no importando si era mineral, vegetal, animal o apenas un simple pensamiento.

—Todo lo que está sobre la faz de la tierra se transforma siempre, porque la tierra está viva y tiene un alma. Somos parte de esta Alma y raramente sabemos que ella siempre trabaja en nuestro favor. Pero tú debes entender que, en la tienda de los cristales, incluso los jarros estaban colaborando para tu éxito.

El muchacho se quedó en silencio por algún tiempo, mirando la luna y la arena blanca.

—He visto a la caravana caminando a través del desierto —dijo, por fin—. Ella y el desierto hablan la misma lengua y por eso él permite que ella lo atraviese. Probará cada paso suyo, para ver si está en perfecta sintonía con él; y si lo está, ella llegará al oasis.

»Si uno de nosotros llegase aquí con mucho valor, pero sin entender este lenguaje, moriría al primer día.

Continuaron mirando la luna, juntos.

—Ésta es la magia de las señales —continuó el muchacho—. He visto cómo los guías leen las señales del desierto y cómo el alma de la caravana conversa con el alma del desierto.

Después de algún tiempo, el Inglés habló, a su vez.

—Tengo que prestar más atención a la caravana —dijo, por fin.

—Y yo tengo que leer tus libros —dijo el muchacho.

Eran libros extraños. Hablaban de mercurio, sal, dragones y reyes, pero él no conseguía entender nada. Sin embargo, había una idea que parecía repetida en todos los libros: todas las cosas eran manifestaciones de una sola cosa.

En uno de los libros él descubrió que el texto más importante de la Alquimia constaba apenas de unas pocas líneas, y había sido escrito en una simple esmeralda.

—Es la Tabla de la Esmeralda —dijo el Inglés, orgulloso de enseñar alguna cosa al muchacho.

—Y entonces, ¿para qué tantos libros?

—Para entender estas líneas —respondió el Inglés, sin estar muy convencido de su propia respuesta.

El libro que más interesó al muchacho contaba la historia de los alquimistas famosos. Eran hombres que habían dedicado su vida entera a purificar metales en los laboratorios; creían que si un metal era mantenido permanentemente en el fuego durante muchos y muchos años, terminaría liberándose de todas sus propiedades individuales y sólo restaría el Alma del Mundo. Esta Cosa Única permitía que los alquimistas entendiesen cualquier cosa sobre la faz de la Tierra, porque ella era el lenguaje a través del cual las cosas se comunicaban. A este descubrimiento le llamaban la Gran Obra, que estaba compuesta por una parte líquida y una parte sólida.

—¿No es suficiente observar a los hombres y las señales para descubrir este lenguaje? —preguntó el chico.

—Tienes la manía de simplificarlo todo —respondió el Inglés, irritado—. La Alquimia es un trabajo serio. Exige que cada paso sea seguido exactamente como los maestros lo enseñaron.

El muchacho descubrió que la parte líquida de la Gran Obra era llamada Elixir de la Larga Vida, y curaba todas las enfermedades, además de evitar que el alquimista envejeciese. Y la parte sólida era llamada la Piedra Filosofal.

—No es fácil descubrir la Piedra Filosofal —dijo el Inglés—. Los alquimistas pasaban muchos años en los laboratorios contemplando aquel fuego que purificaba los metales. Miraban tanto al fuego, que poco a poco sus cabezas iban perdiendo todas las vanidades del mundo. Entonces, un buen día, descubrían que la purificación de los metales había terminado por purificarlos a ellos mismos.

El muchacho se acordó del Mercader de Cristales. Él le había dicho que era buena idea limpiar los jarros para liberarse ambos también de los malos pensamientos. Estaba cada vez más convencido de que la Alquimia podría aprenderse en la vida diaria.

—Además —dijo el Inglés— la Piedra Filosofal tiene una

propiedad fascinante: un pequeño fragmento de ella es capaz de transformar grandes cantidades de metal en oro.

A partir de esta frase, el muchacho quedó interesadísimo en la Alquimia. Pensaba que, con un poco de paciencia, podría transformar todo en oro. Leyó la vida de varias personas que lo habían conseguido: Helvetius, Elías, Fulcanelli, Geber. Eran historias fascinantes: todos estaban viviendo hasta el final su Leyenda Personal. Viajaban, encontraban sabios, hacían milagros frente a los incrédulos, poseían la Piedra Filosofal y el Elixir de la Larga Vida.

Pero cuando quería aprender la manera de conseguir la Gran Obra, quedaba totalmente perdido. Eran sólo dibujos, instrucciones en código, textos oscuros.

—¿Por qué son tan difíciles? —preguntó cierta noche al Inglés. Notó también que el Inglés andaba un poco malhumorado, sintiendo la falta de sus libros.

—Para que sólo los que tienen la responsabilidad de entender los entiendan —respondió—. Imagina qué pasaría si todo el mundo se pusiera a transformar el plomo en oro. En poco tiempo el oro no valdría nada.

»Sólo los persistentes, sólo aquellos que investigan mucho son los que consiguen la Gran Obra. Por eso estoy en medio de este desierto. Para encontrar a un verdadero alquimista, que me ayude a descifrar los códigos.

—¿Cuándo fueron escritos estos libros? —preguntó el chico.

—Muchos siglos atrás.

—En aquella época no había imprenta —insistió el chico—, por lo tanto, no había posibilidad de que todo el mundo pudiera conocer la Alquimia. ¿Por qué, entonces, ese lenguaje tan extraño, tan lleno de dibujos?

El Inglés no respondió nada. Dijo que desde hacía varios días estaba poniendo mucha atención a la caravana y que no conseguía descubrir nada nuevo. Lo único que había notado era que los comentarios sobre la guerra aumentaban cada vez más.

Un buen día el muchacho devolvió los libros al Inglés.

—Entonces, ¿aprendiste mucho? —preguntó el otro, lleno de expectación. Estaba necesitando alguien con quien conversar para olvidar el miedo a la guerra.

—Aprendí que el mundo tiene un Alma y que quien entienda esa Alma entenderá el lenguaje de las cosas. Aprendí que muchos alquimistas vivieron su Leyenda Personal y terminaron descubriendo el Alma del Mundo, la Piedra Filosofal y el Elixir de la Larga Vida.

»Pero sobre todo, aprendí que estas cosas son tan simples que pueden ser escritas sobre una esmeralda.

El Inglés se quedó decepcionado. Los años de estudio, los símbolos mágicos, las palabras difíciles, los aparatos de laboratorio, nada de eso había impresionado al muchacho. «Debe de tener un alma demasiado primitiva como para comprender esto», se dijo interiormente.

Cogió sus libros y los guardó en los sacos que colgaban del camello.

—Vuelve a tu caravana —dijo—. Ella tampoco me ha enseñado gran cosa.

El muchacho volvió a contemplar el silencio del desierto y la arena levantada por los animales. «Cada uno tiene su manera de aprender —se repetía a sí mismo—. La manera de él no es la mía, y la mía no es la de él. Pero ambos estamos en busca de nuestra Leyenda Personal, y yo lo respeto por eso.»

La caravana comenzó a viajar día y noche. A cada momento aparecían los mensajeros encapuchados, y el camellero, que se había hecho amigo del muchacho, explicó que la guerra entre los clanes había comenzado. Tendrían mucha suerte si conseguían llegar al oasis.

Los animales estaban agotados y los hombres cada vez más silenciosos. El silencio era más terrible por la noche, cuando un simple relincho de camello —que antes no pasaba de ser un relincho de camello— ahora asustaba a todos, y podía ser una señal de invasión.

El camellero, no obstante, parecía no estar muy impresionado con la amenaza de guerra.

—Estoy vivo —dijo al muchacho, mientras comía un plato de dátiles en la noche sin hogueras ni luna—. Mientras estoy comiendo, no hago nada más que comer. Si estuviera caminando, me limitaría a caminar. Si tengo que luchar, será un día tan bueno para morir como cualquier otro.

»Porque no vivo ni en mi pasado ni en mi futuro. Tengo sólo el presente, y él es el que me interesa. Si puedes permanecer siempre en el presente, serás un hombre feliz. Percibirás que en el desierto existe vida, que el cielo tiene estrellas, y que los guerreros luchan porque esto forma parte de la raza humana. La vida será una fiesta, un gran festival, porque ella es siempre sólo el momento que estamos viviendo.

Dos noches después, cuando se preparaba para dormir, el muchacho miró en dirección al astro que seguían durante la noche. Le pareció que el horizonte estaba un poco más bajo, porque sobre el desierto había centenares de estrellas.

—Es el oasis —dijo el camellero.

—¿Y por qué no vamos ya inmediatamente?

—Porque necesitamos dormir.

El muchacho abrió los ojos cuando el sol comenzaba a nacer. Frente a él, donde las pequeñas estrellas habían estado durante la noche, se extendía una fila interminable de palmeras, cubriendo todo el horizonte del desierto.

—¡Lo conseguimos! —dijo el Inglés, que también había acabado de levantarse.

El muchacho, sin embargo, se mantenía callado. Había aprendido el silencio del desierto y se contentaba con mirar las palmeras frente a él. Aún tenía que caminar mucho para llegar a las Pirámides, y algún día aquella mañana sería apenas un recuerdo. Pero ahora era el momento presente, la fiesta que había descrito el camellero y él estaba procurando vivirlo con las lecciones de su pasado y los sueños de su futuro. Un día, aquella visión de millares de palmeras sería sólo un recuerdo. Pero para él ese momento significaba sombra, agua y un refugio para la guerra. Así como un relincho de camello podía transformarse en peligro, una hilera de palmeras podía significar un milagro. «El mundo habla muchos lenguajes», pensó el muchacho.

«Cuando los tiempos van deprisa, las caravanas corren también», pensó el Alquimista, mientras veía llegar a centenares de personas y animales al oasis. Los habitantes gritaban detrás de los recién llegados, el polvo cubría el sol del desierto y los niños saltaban de excitación al ver a los extraños. El Alquimista vio cómo los jefes tribales se aproximaban al Jefe de la Caravana y conversaban largamente entre sí.

Pero nada de aquello interesaba al Alquimista. Ya había visto a mucha gente llegar y partir, mientras el oasis y el desierto permanecían invariables. Había visto a reyes y mendigos pisando aquellas arenas que siempre cambiaban de forma a causa del viento, pero que eran las mismas que él había conocido de niño. Aun así, no conseguía contener en el fondo de su corazón un poco de la alegría de vida que todo viajero experimentaba cuando, después de tierra amarilla y cielo azul, el verde de las palmeras aparecía delante de sus ojos. «Tal vez Dios haya creado el desierto para que el hombre pudiera sonreír con las palmeras», pensó.

Después resolvió concentrarse en asuntos más prácticos. Sabía que en aquella caravana venía el hombre al cual debía enseñar parte de sus secretos. Las señales se lo habían contado. Aún no conocía a ese hombre, pero sus ojos experimentados lo reconocerían en cuanto lo viesen. Esperaba que fuese alguien tan capaz como su aprendiz anterior.

«No sé por qué estas cosas tienen que ser transmitidas de boca en boca», pensaba. No era exactamente porque fueran secretas, ya que Dios revelaba pródigamente sus secretos a todas las criaturas.

Él sólo tenía una explicación para este hecho: las cosas tenían que ser transmitidas así porque estarían hechas de Vida Pura, y este tipo de vida difícilmente consigue ser capturado en pinturas o palabras.

Porque las personas se fascinan con pinturas y palabras, y terminan olvidando el Lenguaje del Mundo.

Los recién llegados fueron llevados inmediatamente a la presencia de los jefes tribales de Al-Fayoum. El muchacho no podía creer lo que estaba viendo: en vez de un pozo rodeado de palmeras —como había leído cierta vez en un libro de historia— el oasis era mucho mayor que muchas aldeas de España. Tenía trescientos pozos, cincuenta mil palmeras datileras y muchas tiendas de colores diseminadas entre ellas.

—Parece las Mil y Una Noches —dijo el Inglés, impaciente por encontrarse con el Alquimista.

Enseguida se vieron cercados de chiquillos, que contemplaban curiosos a los animales, los camellos y las personas que llegaban. Los hombres querían saber si habían visto algún combate y las mujeres se disputaban los tejidos y piedras que los mercaderes habían traído. El silencio del desierto parecía un sueño distante; las personas hablaban sin parar, reían y gritaban, como si hubiesen salido de un mundo espiritual para estar de nuevo entre los hombres. Estaban contentos y felices.

A pesar de las precauciones del día anterior, el camellero explicó al muchacho que los oasis en el desierto eran siempre considerados terreno neutral, porque la mayoría de sus habitantes eran mujeres y niños, y había oasis en ambos bandos. Así, los guerreros lucharían en las arenas del desierto, pero respetarían los oasis como ciudades de refugio.

El Jefe de la Caravana reunió a todos con cierta dificultad y comenzó a darles instrucciones. Permanecerían allí hasta que la guerra entre los clanes hubiese terminado. Como eran visitantes, deberían compartir las tiendas con los habitantes del oasis, que les cederían los mejores lugares. Era la Ley de la hospitalidad. Después pidió que todos, incluso sus propios centinelas, entregasen las armas a los hombres indicados por los jefes tribales.

—Son las reglas de la guerra —explicó el Jefe de la Caravana—. De esta manera, los oasis no podrían hospedar a ejércitos ni guerreros.

Para sorpresa del muchacho, el Inglés sacó de su chaqueta un revólver cromado y lo entregó al hombre que recogía las armas.

—¿Para qué un revólver? —preguntó.

—Para aprender a confiar en los hombres —respondió el Inglés. Estaba contento por haber llegado al final de su búsqueda.

El muchacho, en cambio, pensaba en su tesoro. Cuanto más se acercaba a su sueño, más difíciles se tornaban las cosas. Ya no funcionaba aquello que el viejo rey había llamado «suerte de principiante». Lo que funcionaba, sabía él, era la prueba de la persistencia y del coraje de quien busca su Leyenda Personal. Por eso él no podía apresurarse, ni impacientarse. Si actuaba así, terminaría no viendo las señales que Dios había puesto en su camino.

«... que Dios colocó en mi camino», pensó el muchacho, sorprendido. Hasta aquel momento había considerado las señales como algo perteneciente al mundo. Algo como comer o dormir, algo como buscar un amor, o conseguir un empleo. Nunca antes había pensado que éste era un lenguaje que Dios estaba usando para mostrarle lo que debía hacer.

«No te impacientes —se repitió a sí mismo—. Como dijo el camellero, come a la hora de comer. Y camina a la hora de caminar.»

El primer día todos durmieron por el cansancio, incluso el Inglés. El muchacho estaba instalado lejos de él, en una tienda con otros cinco jóvenes de edad similar a la suya. Eran gente del desierto y querían saber historias de las grandes ciudades.

El muchacho les contó acerca de su vida de pastor, e iba a empezar a relatarles su experiencia en la tienda de cristales cuando se presentó el Inglés.

—Te he buscado durante toda la mañana —dijo mientras se lo llevaba afuera—. Necesito que me ayudes a descubrir dónde vive el Alquimista.

Empezaron recorriendo tiendas donde vivieran hombres solos. Un alquimista seguramente viviría de manera diferente a las otras personas del oasis, y sería muy probable que en su tienda hubiera un horno permanentemente encendido. Caminaron bastante, hasta quedar convencidos de que el oasis era mucho mayor de lo que podían imaginar, y con centenares de tiendas.

—Hemos perdido casi todo el día —dijo el Inglés, mientras se sentaban los dos cerca de uno de los pozos del oasis.

—Será mejor que preguntemos —dijo el muchacho.

El Inglés no quería dar a conocer su presencia en el oasis y quedó indeciso ante la sugerencia. Pero acabó accediendo y le pidió al muchacho, que hablaba mejor el árabe, que lo hiciera. Éste se aproximó a una mujer que había ido al pozo para llenar de agua un saco de piel de carnero.

—Buenas tardes, señora. Me gustaría saber dónde vive un alquimista en este oasis —preguntó el muchacho.

La mujer le respondió que jamás había oído hablar de eso y se marchó inmediatamente. Antes, no obstante, avisó al chico que no debía conversar con mujeres vestidas de negro porque eran mujeres casadas, y él tenía que respetar la Tradición.

El Inglés se quedó decepcionadísimo. Había hecho todo el viaje para nada. El muchacho también se entristeció. Su compañero también estaba en busca de su Leyenda Personal, y cuando alguien hace esto todo el Universo conspira para que la persona consiga lo que desea. Lo había dicho el viejo rey, y no podía estar equivocado.

—Yo nunca había oído hablar antes de alquimistas —dijo el chico—. Si no, intentaría ayudarte.

De repente brillaron los ojos del Inglés:

—¡Es esto! ¡Quizá nadie sepa lo que es un alquimista! Pregunta por el hombre que cura las enfermedades en la aldea.

Varias mujeres vestidas de negro vinieron a buscar agua al

pozo, pero el muchacho no se dirigió a ninguna de ellas, por más que el Inglés le insistiera. Hasta que por fin se acercó un hombre.

—¿Conoce alguien que cure las enfermedades aquí? —preguntó el chico.

—Alá cura todas las enfermedades —dijo el hombre, visiblemente espantado por los extranjeros—. Ustedes están buscando brujos.

Y después de recitar algunos versículos del Corán, siguió su camino.

Otro hombre se aproximó. Era más viejo y traía sólo un pequeño cubo. El muchacho repitió la pregunta.

—¿Por qué quieren conocer a esa clase de hombre? —respondió el árabe con otra pregunta.

—Porque mi amigo viajó muchos meses para encontrarlo —respondió el chico.

—Si este hombre existe en el oasis, debe ser muy poderoso —dijo el viejo, después de meditar unos instantes—. Ni los jefes tribales consiguen verlo cuando lo necesitan. Sólo cuando él lo decide.

»Esperen el fin de la guerra y entonces partan con la caravana. No quieran entrar en la vida del oasis —concluyó, alejándose.

Pero el Inglés quedó exultante. Estaban en la pista correcta.

Finalmente apareció una moza que no estaba vestida de negro. Llevaba un cántaro en el hombro y la cabeza cubierta con un velo, pero tenía el rostro descubierto. El muchacho se aproximó para preguntarle sobre el Alquimista.

Entonces fue como si el tiempo se parase y el Alma del Mundo surgiese con toda su fuerza ante él. Cuando vio sus ojos negros, sus labios indecisos entre una sonrisa y el silencio, él entendió la parte más importante y más sabia del Lenguaje que todo el mundo hablaba y que todas las personas de la Tierra eran capaces de entender en sus corazones. Y esto se llamaba Amor, algo más antiguo que los hombres y que el propio desierto, y que sin embargo resurgía siempre con la misma fuerza doquiera que dos pares de ojos se cruzaran, como se cruzaron aquellos dos pares de ojos delante de un pozo. Los labios finalmente decidieron ofrecer una sonrisa, y aquello era una señal, la señal que él esperó sin saberlo durante tanto tiempo en su vida, que había buscado en las ovejas y en los libros, en los cristales y en el silencio del desierto.

Allí estaba el puro Lenguaje del Mundo, sin explicaciones, porque el Universo no necesitaba explicaciones para continuar su camino en el espacio sin fin. Todo lo que el muchacho entendía en aquel momento era que estaba delante de la mujer de su vida, y sin ninguna necesidad de palabras, ella debía saberlo también. Estaba más seguro de esto que de cualquier cosa en el mundo, aunque sus padres, y los padres de sus padres dijeran que era necesario salir, simpatizar, prometerse, conocer bien a la persona y tener dinero antes de casarse. Los que decían esto quizá jamás hubiesen conocido el Lenguaje Universal, porque cuando nos sumergimos en él, es fácil entender que siempre existe en el mundo una persona que espera a otra, sea en medio del desierto, sea en medio de una gran ciudad. Y cuando estas personas se cruzan y sus ojos se encuentran, todo el pasado y todo el futuro pierde completamente su importancia, y sólo existe aquel momento y aquella certeza increíble de que todas las cosas debajo del sol fueron escritas por la misma Mano. La Mano que despierta el Amor, y que hizo un alma gemela para cada persona que trabaja, descansa y busca tesoros debajo del sol. Porque sin esto no habría ningún sentido para los sueños de la raza humana.

«Maktub», pensó el muchacho.

El Inglés se levantó de donde estaba sentado y sacudió al chico.

—¡Vamos, pregúntaselo a ella!

Él se aproximó a la joven. Ella volvió a sonreír. Él sonrió también.

—¿Cómo te llamas? —preguntó.

—Me llamo Fátima —dijo la joven, mirando al suelo.

—Es un nombre que tienen algunas mujeres de la tierra de donde yo vengo.

—Es el nombre de la hija del Profeta —dijo Fátima—. Los guerreros lo llevaron allí.

La delicada moza hablaba de los guerreros con orgullo. Como a su lado el Inglés insistía, el muchacho le preguntó por el hombre que curaba todas las enfermedades.

—Es un hombre que conoce los secretos del mundo. Conversa con los dijins del desierto —dijo ella.

Los dijins eran los demonios. Y la moza señaló hacia el sur, hacia el lugar donde aquel extraño hombre habitaba.

Después llenó su cántaro y se fue. El Inglés se fue también, en busca del Alquimista. Y el muchacho se quedó mucho tiempo sentado al lado del pozo, entendiendo que algún día el Levante había dejado en su rostro el perfume de aquella mujer, y que ya la amaba incluso antes de saber que existía, y que su amor por ella haría que encontrase todos los tesoros del mundo.

Al día siguiente el muchacho volvió al pozo, a esperar a la moza. Para su sorpresa, se encontró allí con el Inglés, mirando por primera vez el desierto.

—Esperé toda la tarde —le dijo—, y por la noche él llegó junto con las primeras estrellas. Le conté lo que estaba buscando. Entonces él me preguntó si ya había transformado plomo en oro, y yo le dije que era eso lo que quería aprender.

»Y me mandó intentarlo. Todo lo que me dijo fue: «Ve e inténtalo».

El chico guardó silencio. El Inglés había viajado tanto para oír lo que ya sabía. Entonces se acordó de que él había dado seis ovejas al viejo rey por la misma razón.

—Entonces, inténtalo —le dijo al Inglés.

—Es lo que voy a hacer. Y empezaré ahora.

Al poco rato de haberse ido el Inglés llegó Fátima para recoger agua con su cántaro.

—Vine a decirte una cosa muy sencilla —dijo el chico—. Quiero que seas mi mujer. Te amo.

La moza dejó que su cántaro derramase el agua.

—Te esperaré todos los días aquí. Crucé el desierto en busca de un tesoro que se encuentra cerca de las Pirámides. La guerra fue para mí una maldición, pero ahora es una bendición porque me mantiene cerca de ti.

—La guerra se acabará algún día —dijo la moza.

El muchacho miró las datileras del oasis. Había sido pastor. Y allí existían muchas ovejas. Fátima era más importante que el tesoro.

—Los Guerreros buscan sus tesoros —dijo la joven, como si estuviera adivinando el pensamiento del muchacho—. Y las mujeres del desierto están orgullosas de sus Guerreros.

Después volvió a llenar su cántaro y se fue.

Todos los días el muchacho iba al pozo a esperar a Fátima. Le contó su vida de pastor, su encuentro con el rey, su estancia en la tienda de cristales. Se hicieron amigos y, con excepción de los quince minutos que pasaba con ella, el resto del día se le hacía infinitamente lento de pasar. Cuando ya llevaba casi un mes en el oasis, el Jefe de la Caravana los convocó a todos para una reunión.

—No sabemos cuándo se va a acabar la guerra, y no podemos seguir el viaje —dijo—. Los combates durarán mucho tiempo, tal vez muchos años. Existen Guerreros fuertes y valientes de ambos lados, y existe el honor de combatir en ambos ejércitos. No es una guerra entre buenos y malos. Es una guerra entre fuerzas que luchan por el mismo poder, y cuando este tipo de batalla comienza se prolonga más que las otras, porque Alá está en los dos lados.

Las personas se dispersaron. El muchacho se volvió a encontrar con Fátima aquella tarde y le habló sobre la reunión.

—El segundo día que nos encontramos —dijo ella— me hablaste de tu amor. Después me enseñaste cosas bellas, como el Lenguaje y el Alma del Mundo. Todo esto me hace poco a poco ser parte de ti.

El muchacho oía su voz y la encontraba más hermosa que el sonido del viento entre las hojas de las datileras.

—Hace mucho tiempo que estuve aquí en este pozo, esperando por ti. No consigo recordar mi pasado, la Tradición, la manera en que los hombres esperan que se comporten las mujeres del desierto. Desde pequeña soñaba que el desierto me traería el mayor regalo de mi vida. Este regalo llegó, por fin, y eres tú.

El muchacho sintió deseos de tocar su mano. Pero Fátima estaba sosteniendo las asas del cántaro.

—Tú me hablaste de tus sueños, del viejo rey y del tesoro. Me hablaste de las señales. Entonces no tengo miedo de nada, porque fueron estas señales las que te trajeron a mí. Y yo soy parte de tu sueño, de tu Leyenda Personal, como sueles decir.

»Por eso quiero que sigas en la dirección de lo que viniste a buscar. Si tienes que esperar hasta el final de la guerra, muy bien. Pero si tienes que partir antes, ve en dirección a tu Leyenda. Las dunas cambian con el viento, pero el desierto sigue siendo el mismo. Así será con nuestro amor.

»Maktub —dijo—. Si yo soy parte de tu Leyenda, tú volverás un día.

El muchacho salió triste del encuentro con Fátima. Se acordaba de mucha gente que había conocido. Los pastores casados tenían mucha dificultad en convencer a sus esposas de que debían andar por los campos. El amor exigía estar junto a la persona amada.

Al día siguiente contó todo esto a Fátima.

—El desierto se lleva a nuestros hombres y no siempre los devuelve —dijo ella—. Entonces nos acostumbramos a esto. Y ellos pasan a existir en las nubes sin lluvia, en los animales que se esconden entre las piedras, en el agua que brota generosa de la tierra. Pasan a formar parte de todo, pasan a ser el Alma del Mundo.

»Algunos vuelven. Y entonces todas las otras mujeres se alegran, porque los hombres que ellas esperan también podrán volver algún día. Antes yo miraba a esas mujeres y envidiaba su felicidad. Ahora yo también tendré una persona a quien esperar.

»Soy una mujer del desierto y estoy orgullosa de ello. Quiero que mi hombre también camine libre, como el viento que mueve las dunas. Quiero también poder ver a mi hombre en las nubes, en los animales y en el agua.

El muchacho fue a buscar al Inglés. Quería hablarle de Fátima. Se sorprendió al ver que el Inglés había construido un pequeño horno al lado de su tienda. Era un horno extraño, con un frasco transparente encima. El Inglés alimentaba el fuego con leña y miraba el desierto. Sus ojos parecían brillar más cuando pasaba todo el tiempo leyendo libros.

—Ésta es la primera fase del trabajo —dijo—. Tengo que separar el azufre impuro. Para esto, no puedo tener miedo de fallar. El miedo a fallar fue lo que me impidió intentar la Gran Obra hasta hoy. Es ahora que estoy empezando lo que debería haber comenzado diez años atrás. Pero me siento feliz de no haber esperado veinte años para esto.

Y continuó alimentando el fuego y mirando al desierto. El muchacho se quedó junto a él por algún tiempo, hasta que el desierto comenzó a ponerse rosado con la luz del atardecer. Entonces sintió un inmenso deseo de ir hasta allí, para ver si el silencio conseguía responder a sus preguntas.

Caminó sin rumbo por algún tiempo, manteniendo las palmeras del oasis al alcance de sus ojos. Escuchaba el viento y sentía las piedras bajo sus pies. A veces encontraba alguna concha y sabía que aquel desierto, en una época remota, había sido un gran mar. Después se sentó sobre una piedra y se dejó hipnotizar por el horizonte que existía frente a él. No conseguía entender el amor sin el sentimiento de posesión; pero Fátima era una mujer del desierto, y si alguien podía enseñarle esto era el desierto.

Se quedó así, sin pensar en nada, hasta que presintió un

movimiento sobre su cabeza. Mirando hacia el cielo, vio que eran dos gavilanes volando muy alto.

El muchacho comenzó a mirar a los gavilanes y los dibujos que trazaban en el cielo. Parecía una cosa desordenada y, sin embargo, tenían algún sentido para él. Sólo que no conseguía comprender su significado. Decidió entonces que debía acompañar con los ojos el movimiento de los pájaros y quizá pudiera leer alguna cosa. Tal vez el desierto pudiera explicarle el amor sin posesión.

Empezó a sentir sueño. Su corazón le pidió que no se durmiera: por el contrario, debía entregarse. «Estaba penetrando en el Lenguaje del Mundo y todo en esta tierra tiene sentido, incluso el vuelo de los gavilanes», se dijo. Y aprovechó para agradecer el hecho de estar lleno de amor por una mujer. «Cuando se ama, las cosas adquieren aún más sentido», pensó.

De repente, un gavilán dio una rápida zambullida en el cielo y atacó al otro. Cuando hizo este movimiento, el muchacho tuvo una súbita y rápida visión: un ejército, con las espadas desenvainadas, entrando en el oasis. La visión desapareció enseguida, pero aquello lo dejó sobresaltado. Había oído hablar de los espejismos, y ya había visto algunos: eran deseos que se materializaban sobre la arena del desierto. Sin embargo, él no deseaba que ningún ejército invadiera el oasis.

Pensó en olvidar todo aquello y volver a su meditación. Intentó nuevamente concentrarse en el desierto color de rosa y en las piedras. Pero algo en su corazón lo mantenía intranquilo.

«Sigue siempre las señales», le había dicho el viejo rey. Y el muchacho pensó en Fátima. Se acordó de lo que había visto y presintió lo que estaba próximo a suceder.

Con mucha dificultad salió del trance en que había entrado. Se levantó y comenzó a caminar en dirección a las palmeras. Una vez más percibía el múltiple lenguaje de las cosas: esta vez, el desierto era seguro, y el oasis se había transformado en un peligro.

El camellero estaba sentado al pie de una datilera, también contemplando la puesta de sol. Vio salir al muchacho desde detrás de una de las dunas.

—Se aproxima un ejército —dijo—. He tenido una visión.

—El desierto llena de visiones el corazón de un hombre —respondió el camellero.

Pero el muchacho le contó lo de los gavilanes: estaba contemplando su vuelo cuando se había sumergido de repente en el Alma del Mundo.

El camellero permaneció callado; entendía lo que el muchacho decía. Sabía que cualquier cosa en la faz de la Tierra puede contar la historia de todas las cosas. Si abriese un libro en cualquier página, o mirase las manos de las personas, o cartas de baraja, o vuelo de pájaros, o fuere lo que fuere, cualquier persona encontraría alguna conexión de sentido con alguna situación que estaba viviendo. Pero en verdad, no eran las cosas las que mostraban nada; eran las personas que, al mirarlas, descubrían la manera de penetrar en el Alma del Mundo.

El desierto estaba lleno de hombres que se ganaban la vida, porque podían penetrar con facilidad en el Alma del Mundo.

Eran conocidos como Adivinos, y temidos por las mujeres y los ancianos. Los Guerreros raramente los consultaban, porque era imposible entrar en una batalla sabiendo cuándo se va a morir. Los Guerreros preferían el sabor de la lucha y la emoción de lo desconocido. El futuro había sido escrito por Alá, y cualquier cosa que hubiese escrito era siempre para el bien del hombre. Entonces los Guerreros vivían apenas el presente, porque el presente estaba lleno de sorpresas y ellos tenían que vigilar muchas cosas: dónde estaba la espada del enemigo, dónde estaba su caballo, cuál era el próximo golpe que debía lanzar para salvar la vida.

El camellero no era un Guerrero, y ya había consultado a algunos Adivinos. Muchos le habían dicho cosas acertadas, otros, cosas equivocadas. Hasta que uno de ellos, el más viejo (y el más temido) le preguntó por qué estaba tan interesado en saber su futuro.

—Para poder hacer las cosas —respondió el camellero—. Y cambiar lo que no me gustaría que sucediera.

—Entonces dejará de ser tu futuro —le respondió el Adivino.

—Quizá entonces quiero saber el futuro para prepararme para las cosas que vendrán.

—Si son cosas buenas, cuando lleguen serán una agradable sorpresa —dijo el Adivino—. Y si son malas, empezarás a sufrir mucho antes de que sucedan.

—Quiero saber el futuro porque soy un hombre —dijo el camellero al Adivino—. Y los hombres viven en función de su futuro.

El Adivino guardó silencio por algún tiempo. Él era especialista en el juego de varillas, que eran arrojadas al suelo e interpretadas según la manera en que caían. Aquel día él no lanzó las varillas. Las envolvió en un pañuelo y las volvió a colocar en el bolsillo.

—Me gano la vida adivinando el futuro de las personas —dijo—. Conozco la ciencia de las varillas y sé cómo utilizarla para penetrar en este espacio donde todo está escrito. Allí puedo leer el pasado, descubrir lo que ya fue olvidado y entender las señales del presente.

»Cuando las personas me consultan, yo no estoy leyendo el futuro; estoy adivinando el futuro. Porque el futuro pertenece a Dios, y Él sólo lo revela en circunstancias extraordinarias. ¿Y cómo consigo adivinar el futuro? Por las señales del presente. En el presente es donde está el secreto; si prestas atención al presente, podrás mejorarlo. Y si mejoras el presente, lo que sucederá después también será mejor. Olvida el futuro y vive cada día de tu vida en las enseñanzas de la Ley y en la confianza de que Dios cuida de sus hijos. Cada día trae en sí la Eternidad.

El camellero quiso saber cuáles eran las circunstancias en las que Dios permitía ver el futuro:

—Cuando Él mismo lo muestra. Y Dios muestra el futuro raramente, y por una única razón: cuando es un futuro que fue escrito para ser cambiado.

Dios había mostrado un futuro al muchacho, pensó el camellero, porque quería que el muchacho fuese Su instrumento.

—Ve a hablar con los jefes tribales —le dijo—. Cuéntales acerca de los Guerreros que se aproximan.

—Se reirán de mí.

—Son hombres del desierto, y los hombres del desierto están acostumbrados a las señales.

—Entonces ya lo deben de saber.

—No están preocupados por esto. Creen que si tienen que saber algo que Alá quiera contarles, lo sabrán a través de alguna persona. Ya pasó muchas veces antes. Pero hoy, esta persona eres tú.

El muchacho pensó en Fátima. Y decidió ir a ver a los jefes tribales.

—Traigo señales del desierto —dijo al guardián que estaba frente a la entrada de la inmensa tienda blanca, en el centro del oasis—. Quiero ver a los jefes.

El guardia no respondió. Entró y tardó mucho en regresar. Lo hizo acompañado de un árabe joven, vestido de blanco y oro. El muchacho contó al joven lo que había visto. Él le pidió que esperase un poco y volvió a entrar.

Cayó la noche. Entraron y salieron varios árabes y mercaderes. Poco a poco las hogueras se fueron apagando y el oasis comenzó a quedar tan silencioso como el desierto. Sólo la luz de la gran tienda continuaba encendida. Durante todo este tiempo, el muchacho pensaba en Fátima, aún sin comprender la conversación de aquella tarde.

Finalmente, después de muchas horas de espera, el guardián le mandó entrar.

Lo que vio lo dejó extasiado. Nunca hubiera podido imaginar que en medio del desierto existiese una tienda como aquella. El suelo estaba cubierto con las más bellas alfombras que jamás había pisado y del techo pendían lámparas de metal amarillo labrado, cubierto de velas encendidas. Los jefes tribales estaban sentados en el fondo de la tienda, en semicírculo, descansando sus brazos y piernas en almohadas de seda con ricos bordados. Diversos criados entraban y salían con bandejas de plata, llenas de especias y té. Algunos se encargaban de mantener encendidas las brasas de los narguiles. Un suave aroma, proveniente del humo, llenaba el ambiente.

Había ocho jefes, pero el muchacho pronto se dio cuenta de cuál era el más importante: un árabe vestido de blanco y oro, sentado en el centro del semicírculo. A su lado estaba el joven árabe con quien había conversado antes.

—¿Quién es el extranjero que habla de señales? —preguntó uno de los jefes, mirándolo.

—Soy yo —respondió. Y contó lo que había visto.

—¿Y por qué el desierto iba a contar esto a un extraño, cuando sabe que estamos aquí desde varias generaciones? —dijo otro jefe tribal.

—Porque mis ojos aún no se han acostumbrado al desierto —respondió el muchacho— y puedo ver cosas que los ojos demasiado acostumbrados no consiguen ver.

«Y porque yo sé acerca del Alma del Mundo», pensó. Pero no dijo nada, porque los árabes no creen en estas cosas.

—El oasis es un terreno neutral. Nadie ataca un oasis —dijo un tercer jefe.

—Yo sólo cuento lo que vi. Si no quieren creerlo, no hagan nada.

Un completo silencio se abatió sobre la tienda, seguido de una exaltada conversación entre los jefes tribales. Hablaban en un dialecto árabe que el muchacho no entendía, pero cuando hizo ademán de irse, un guardián le dijo que se quedara. El muchacho empezó a sentir miedo; las señales decían que algo andaba mal. Lamentó haber conversado con el camellero sobre esto.

De repente, el viejo que estaba en el centro insinuó una sonrisa casi imperceptible, que tranquilizó al muchacho. El viejo no había participado en la discusión, ni había dicho palabra hasta aquel momento. Pero el chico ya estaba acostumbrado al Lenguaje del Mundo y pudo sentir una vibración de Paz cruzando la tienda de punta a punta. Su intuición le dijo que había actuado correctamente al venir.

La discusión terminó. Se quedaron en silencio durante algún tiempo, escuchando al viejo. Después, él se giró hacia el chico. Esta vez su rostro estaba frío y distante.

—Hace dos mil años, en una tierra lejana, arrojaron a un pozo y vendieron como esclavo a un hombre que creía en los sueños —dijo—. Nuestros mercaderes lo compraron y lo trajeron a Egipto. Y todos nosotros sabemos que quien cree en los sueños también sabe interpretarlos.

«Aun cuando no siempre consiga realizarlos», pensó el muchacho, acordándose de la vieja gitana.

—Gracias a los sueños del faraón con vacas flacas y gordas, este hombre libró a Egipto del hambre. Su nombre era José. Era también un extranjero en una tierra extranjera, como tú, y debía de tener más o menos tu edad.

El silencio continuó. Los ojos del viejo se mantenían fríos.

—Siempre seguimos la Tradición. La Tradición salvó a Egipto

del hambre en aquella época y lo hizo el más rico entre los pueblos. La Tradición enseña cómo los hombres deben atravesar el desierto y casar a sus hijas. La Tradición dice que un oasis es un terreno neutral, porque ambos lados tienen oasis y son vulnerables.

Nadie dijo una palabra mientras el viejo hablaba.

—Pero la Tradición dice también que debemos creer en los mensajes del desierto. Todo lo que sabemos fue el desierto quien nos lo enseñó.

El viejo hizo una señal y todos los árabes se levantaron. La reunión estaba a punto de terminar. Los narguiles fueron apagados y los guardianes se alinearon en posición de firmes. El muchacho se preparó para salir, pero el viejo habló una vez más:

—Mañana romperemos un acuerdo que dice que nadie en el oasis puede portar armas. Durante el día entero aguardaremos a los enemigos. Cuando el sol descienda en el horizonte, los hombres me devolverán las armas. Por cada diez enemigos muertos, tú recibirás una moneda de oro.

»Sin embargo, las armas no pueden salir de su lugar sin experimentar la batalla. Son caprichosas como el desierto, y si las acostumbramos a esto, la próxima vez pueden tener pereza de disparar. Si al acabar el día de mañana ninguna de ellas ha sido utilizada, por lo menos una será usada para ti.

El oasis estaba iluminado sólo por la luna llena cuando el muchacho salió. Tenía veinte minutos de caminata hasta su tienda, y comenzó a andar.

Estaba asustado por todo lo sucedido. Se había sumergido en el Alma del Mundo y el precio a pagar por creer en aquello era su vida. Una apuesta alta. Pero había apostado alto desde el día en que había vendido sus ovejas para seguir su Leyenda Personal. Y, como decía el camellero, no hay tanta diferencia entre morir mañana u otro día. Cualquier día estaba hecho para ser vivido o para abandonar el mundo. Todo dependía apenas de una palabra: «Maktub».

Caminó en silencio. No estaba arrepentido. Si muriese mañana, sería porque Dios no estaría con ganas de cambiar el futuro. Pero moriría después de haber cruzado el estrecho, trabajado en una tienda de cristales, conocido el silencio del desierto y los ojos de Fátima. Había vivido intensamente cada uno de sus días, desde que salió de su casa, hacía ya tanto tiempo. Si muriese mañana, sus ojos habrían visto muchas más cosas que los ojos de otros pastores, y el muchacho estaba orgulloso de ello.

De repente oyó un estruendo y fue arrojado súbitamente a

tierra, por el impacto de un viento que no conocía. El lugar se llenó de una polvareda tan grande, que casi cubrió la luna. Y, ante él, un enorme caballo blanco se alzó sobre sus patas, dejando oír un relincho aterrador.

El muchacho casi no podía ver lo que pasaba, pero cuando la polvareda se asentó un poco, sintió un pavor como jamás había sentido antes. Encima del caballo estaba un caballero todo vestido de negro, con un halcón sobre su hombro izquierdo. Usaba turbante, y un pañuelo le cubría todo el rostro, dejando ver sólo sus ojos. Parecía un mensajero del desierto, pero su presencia era más fuerte que la de cualquier persona que hubiera conocido en toda su vida.

El extraño caballero alzó una enorme espada curva que traía sujeta a la silla. El acero brilló con la luz de la luna.

—¿Quién ha osado leer el vuelo de los gavilanes? —preguntó con una voz tan fuerte, que pareció resonar entre las cincuenta mil palmeras de Al-Fayoum.

—He sido yo —dijo el muchacho. Se acordó inmediatamente de la imagen de Santiago Matamoros y de su caballo blanco, con los infieles bajo sus patas. Era exactamente igual. Sólo que ahora la situación estaba invertida.

—He sido yo —repitió, bajando la cabeza para recibir el golpe de la espada—. Se salvarán muchas vidas porque ustedes no contaban con el Alma del Mundo.

La espada, no obstante, no bajó de golpe. La mano del extraño fue descendiendo lentamente, hasta que la punta del acero tocó la cabeza del chico. Era tan afilada, que salió una gota de sangre.

El caballero estaba completamente inmóvil. El muchacho también. Ni por un momento pensó en huir. Una extraña alegría se había apoderado de su corazón: iba a morir por su Leyenda Personal. Y por Fátima. Finalmente, las señales habían resultado verdaderas. Allí estaba el Enemigo y por todo esto, él no necesitaba preocuparse por la muerte, porque había un Alma del Mundo. Dentro de poco él estaría formando parte de ella. Y mañana el Enemigo, también. El extraño, sin embargo, se limitaba a mantener la espada apoyada en su cabeza.

—¿Por qué leíste el vuelo de los pájaros?

—Leí sólo lo que los pájaros querían contar. Ellos quieren salvar el oasis, y ustedes morirán. El oasis tiene más hombres que ustedes.

La espada continuaba en su cabeza.

—¿Quién eres tú para cambiar el destino de Alá?

—Alá hizo los ejércitos, e hizo también los pájaros. Alá me mostró el lenguaje de los pájaros. Todo fue escrito por la misma Mano —dijo el muchacho, recordando las palabras del camellero.

El extraño finalmente retiró la espada de la cabeza. El muchacho sintió cierto alivio. Pero no podía huir.

—Cuidado con las adivinaciones —dijo el extraño—. Cuando las cosas están escritas, no hay cómo evitarlas.

—Sólo vi un ejército —dijo el muchacho—. No vi el resultado de la batalla.

Al caballero pareció complacerle la respuesta. Pero mantenía la espada en su mano.

—¿Qué es lo que haces, extranjero, en una tierra extranjera?

—Busco mi Leyenda Personal. Algo que tú no entenderás nunca.

El caballero envainó su espada y el halcón en su hombro dio un grito extraño. El muchacho empezó a tranquilizarse.

—Tenía que poner a prueba tu valor —dijo el extraño—. El coraje es el don más importante para quien busca el Lenguaje del Mundo.

El muchacho se sorprendió. Aquel hombre hablaba de cosas que poca gente conocía.

—Es necesario no claudicar nunca, aun habiendo llegado tan lejos —continuó él—. Es necesario amar el desierto, pero jamás confiar enteramente en él. Porque el desierto es una prueba para todos los hombres; prueba cada paso, y mata a quien se distrae.

Sus palabras recordaban las palabras del viejo rey.

—Si llegan los Guerreros, y tu cabeza aún está sobre los hombros después de la puesta de sol, búscame —dijo el extraño.

La misma mano que había empuñado la espada empuñó un látigo. El caballo se empinó nuevamente, levantando una nube de polvo

—¿Dónde vives? —gritó el chico, mientras el caballero se alejaba.

La mano con el látigo señaló en dirección al sur.

El muchacho había encontrado al Alquimista.

A la mañana siguiente había dos mil hombres armados entre las palmeras de Al-Fayoum. Antes de que el sol llegase a lo alto del cielo, quinientos guerreros aparecieron en el horizonte. Los jinetes entraron en el oasis por la parte norte; parecía una expedición de paz, pero llevaban armas escondidas en sus mantos blancos. Cuando llegaron cerca de la gran tienda que quedaba cerca de Al-Fayoum, sacaron las cimitarras y las espingardas. Y atacaron una tienda vacía.

Los hombres del oasis cercaron a los jinetes del desierto. A la media hora había cuatrocientos noventa y nueve cuerpos esparcidos por el suelo. Los niños estaban en el otro extremo del bosque de palmeras y no vieron nada. Las mujeres rezaban por sus maridos en las tiendas y tampoco vieron nada. Si no hubiera sido por los cuerpos esparcidos, el oasis habría parecido vivir un día normal.

Sólo se salvó a un guerrero: el comandante del batallón. Por la tarde fue conducido ante los jefes tribales, que le preguntaron por qué había roto la Tradición. El comandante respondió que sus hombres tenían hambre y sed, estaban exhaustos por tantos días de batalla, y habían decidido tomar un oasis para poder recomenzar la lucha.

El jefe tribal dijo que lo sentía por los guerreros, pero la Tradición jamás puede quebrantarse. La única cosa que cambia en el desierto son las dunas, cuando sopla el viento.

Después condenó al comandante a una muerte sin honor. En vez de morir por el acero o por una bala de fusil, fue ahorcado desde una palmera también muerta, y su cuerpo se balanceó con el viento del desierto.

El jefe tribal llamó al extranjero y le dio cincuenta monedas de oro. Después volvió a recordar la historia de José en Egipto y le pidió que fuese el Consejero del Oasis.

Cuando el sol se hubo puesto por completo y las primeras estrellas comenzaron a aparecer (no brillaban mucho, porque aún había luna llena), el muchacho se dirigió caminando hacia el sur. Solamente había una tienda, y algunos árabes que pasaban decían que el lugar estaba lleno de dijins. Pero el muchacho se sentó y esperó durante mucho tiempo.

El Alquimista apareció cuando la luna ya estaba alta en el cielo. Traía dos gavilanes muertos en el hombro.

—Aquí estoy —dijo el muchacho.

—No deberías estar —respondió el Alquimista—. ¿O tu Leyenda Personal era llegar hasta aquí?

—Existe una guerra entre los clanes. No se puede cruzar el desierto.

El Alquimista bajó del caballo e hizo una señal al muchacho para que entrase con él en la tienda. Era una tienda igual a todas las otras que había conocido en el oasis —exceptuando la gran tienda central, que tenía el lujo de los cuentos de hadas—. El chico buscó con la mirada los aparatos y hornos de alquimia, pero no encontró nada: sólo unos pocos libros apilados, un fogón para cocinar y las alfombras llenas de dibujos misteriosos.

—Siéntate, que prepararé un té —dijo el Alquimista—. Y nos comeremos juntos a estos gavilanes.

El muchacho sospechó que eran los mismos pájaros que había visto el día anterior, pero no dijo nada. El Alquimista encendió el fuego y al poco tiempo un delicioso olor a carne llenaba la tienda. Era mejor que el perfume de los narguiles.

—¿Por qué quiere verme? —preguntó el chico.

—Por las señales —respondió el Alquimista—. El viento me contó que vendrías, y que necesitarías ayuda.

—No soy yo. Es el otro extranjero, el Inglés. Él es quien lo estaba buscando.

—Él debe encontrar otras cosas antes de encontrarme a mí. Pero está en el camino adecuado: ya ha empezado a ver el desierto.

—¿Y yo?

—Cuando se quiere algo, todo el Universo conspira para que la persona consiga realizar su sueño —dijo el Alquimista, repitiendo las palabras del viejo rey. El muchacho comprendió: otro hombre estaba en su camino para conducirlo hacia su Leyenda Personal.

—Entonces, ¿usted me enseñará?

—No. Tú ya sabes todo lo que necesitas. Sólo te voy a ayudar a seguir en dirección a tu tesoro.

—Pero hay una guerra entre los clanes —repitió el muchacho.

—Yo conozco el desierto.

—Ya encontré mi tesoro. Tengo un camello, el dinero de la

tienda de cristales y cincuenta monedas de oro. Puedo ser un hombre rico en mi tierra.

—Pero nada de esto está cerca de las Pirámides —dijo el Alquimista.

—Tengo a Fátima. Es un tesoro mayor que todo lo que conseguí juntar.

—Tampoco ella está cerca de las Pirámides.

Se comieron los gavilanes en silencio. El Alquimista abrió una botella y vertió un líquido rojo en el vaso del muchacho. Era vino, uno de los mejores vinos que había tomado en su vida. Pero el vino estaba prohibido por la ley.

—El mal no es lo que entra en la boca del hombre —dijo el Alquimista—. El mal es lo que sale de ella.

El muchacho empezó a sentirse alegre con el vino. Pero el Alquimista le inspiraba miedo. Se sentaron fuera de la tienda, contemplando el brillo de la luna, que ofuscaba a las estrellas.

—Bebe y distráete un poco —dijo el Alquimista, notando que el chico se iba poniendo cada vez más alegre—. Reposa como un Guerrero reposa siempre antes del combate. Pero no olvides que tu corazón está junto a tu tesoro. Y tu tesoro tiene que ser encontrado para que todo esto que descubriste durante el camino pueda adquirir sentido.

Mañana vende tu camello y compra un caballo. Los camellos son traicioneros: andan miles de pasos y no dan ninguna señal de cansancio. De repente, sin embargo, se arrodillan y mueren. El caballo se va cansando poco a poco. Y tú siempre podrás saber lo que puedes exigirle, o en qué momento morirá.

La noche siguiente, el muchacho apareció con un caballo en la tienda del Alquimista. Esperó un poco y él llegó, montado en el suyo y con un halcón en el hombro izquierdo.

—Muéstrame la vida en el desierto —dijo el Alquimista—. Sólo quien encuentra vida puede encontrar tesoros.

Comenzaron a caminar por las arenas, con la luna aún brillando sobre ellos. «No sé si conseguiré encontrar vida en el desierto —pensó el chico—. No conozco el desierto.»

Quiso decirle esto al Alquimista, pero le inspiraba miedo. Llegaron al lugar con piedras donde había visto a los gavilanes en el cielo; ahora, todo era silencio y viento.

—No consigo encontrar vida en el desierto —dijo el muchacho—. Sé que existe, pero no consigo encontrarla.

—La vida atrae a la vida —respondió el Alquimista.

Y el muchacho entendió. Al momento soltó las riendas de su caballo, que corrió libremente por las piedras y la arena. El Alquimista los seguía en silencio. El caballo del muchacho anduvo suelto casi media hora. Ya no se distinguían las palmeras del oasis; sólo la luna gigantesca en el cielo y las rocas brillando con tonalidades plateadas. De repente, en un lugar donde jamás había estado antes, el muchacho notó que su caballo paraba.

—Aquí existe vida —le respondió al Alquimista—. No conozco el lenguaje del desierto, pero mi caballo conoce el lenguaje de la vida.

Desmontaron. El Alquimista no dijo nada. Comenzó a mirar las piedras, caminando despacio. De repente se detuvo y se agachó cuidadosamente. Había un agujero en el suelo, entre las piedras; el Alquimista metió la mano dentro del agujero y después todo el brazo, hasta el hombro. Algo se movió allí dentro, y los ojos del Alquimista —el muchacho sólo podía verle los ojos— se encogieron por el esfuerzo y la tensión. El brazo parecía luchar con lo que estaba dentro del agujero. De repente, en un salto que lo asustó, el Alquimista retiró el brazo y se puso de pie. Su mano sostenía una serpiente cogida por la cola.

El muchacho también dio un salto, sólo que hacia atrás. La serpiente se debatía sin cesar, emitiendo ruidos y silbidos que herían el silencio del desierto. Era una naja, cuyo veneno podía matar a un hombre en pocos minutos.

«Cuidado con el veneno», llegó a pensar el muchacho. Pero el Alquimista había metido la mano en el agujero y ya debía de haber sido mordido. Su rostro, no obstante, estaba tranquilo. «El Alquimista tiene doscientos años», había dicho el Inglés. Ya debía de saber cómo tratar a las serpientes del desierto.

El muchacho vio cómo su compañero fue hasta su caballo y cogió la larga espada en forma de media luna. Con ella trazó un círculo en el suelo y colocó a la serpiente en su centro. El animal se tranquilizó inmediatamente.

—Puedes estar tranquilo —dijo el Alquimista—. No saldrá de allí. Y tú ya has descubierto la vida en el desierto, la señal que yo necesitaba.

—¿Por qué es tan importante esto?

—Porque las Pirámides están rodeadas de desierto.

El muchacho no quería oír hablar de las Pirámides. Desde la noche anterior, su corazón estaba pesado y triste, porque seguir en busca de su tesoro significaba tener que abandonar a Fátima.

—Voy a guiarte a través del desierto —dijo el Alquimista.

—Quiero quedarme en el oasis —respondió el muchacho—. Ya encontré a Fátima. Y ella, para mí, vale más que el tesoro.

—Fátima es una mujer del desierto —dijo el Alquimista—. Sabe que los hombres deben partir, para poder volver. Ella ya encontró su tesoro: tú. Ahora espera que tú encuentres lo que buscas.

—¿Y si yo resuelvo quedarme?

—Serás el Consejero del Oasis. Tienes oro suficiente como para comprar muchas ovejas y muchos camellos. Te casarás con Fátima y vivirán felices el primer año. Aprenderás a amar el desierto y conocerás a cada una de las cincuenta mil palmeras. Verás cómo ellas crecen, mostrando un mundo siempre cambiante. Y entenderás cada vez más las señales, porque el desierto es el mejor de todos los maestros.

»El segundo año te empezarás a acordar de que existe un tesoro. Las señales empezarán a hablarte insistentemente sobre ello, y tú intentarás ignorarlas. Dedicarás todos tus conocimientos al bienestar del oasis y de sus habitantes. Los jefes tribales te quedarán agradecidos por ello. Y tus camellos te traerán riqueza y poder.

»Al tercer año las señales continuarán hablando de tu tesoro y tu Leyenda Personal. Pasarás noches y noches andando por el oasis y Fátima será una mujer triste, porque hizo que tu camino fuera interrumpido. Pero tú le darás amor, y ella te corresponderá. Tú recordarás que ella jamás te pidió que te quedaras, porque una mujer del desierto sabe esperar a su hombre. Por eso no puedes culparla. Pero andarás muchas noches por las arenas del desierto y paseando entre las palmeras, pensando que tal vez pudiste haber seguido adelante y haber confiado más en tu amor por Fátima. Porque lo que te retuvo en el oasis fue tu propio miedo a no volver nunca. Y, a esta altura, las señales te indicarán que tu tesoro está enterrado para siempre.

»En el cuarto año las señales te abandonarán, porque tú no quisiste oírlas. Los jefes tribales lo sabrán, y serás destituido del Consejo. A estas alturas serás un rico comerciante con muchos camellos y muchas mercaderías. Pero pasarás el resto de tus días vagando entre las palmeras y el desierto, sabiendo que no cumpliste con tu Leyenda Personal y ahora es demasiado tarde para ello.

»Sin comprender jamás que el Amor nunca impide a un hombre seguir su Leyenda Personal. Cuando esto sucede es porque no era el verdadero Amor, aquel que habla el Lenguaje del Mundo.

El Alquimista deshizo el círculo en el suelo, y la serpiente reptó y desapareció entre las piedras. El muchacho se acordaba del Mercader de Cristales, que siempre quiso ir a La Meca, y del

Inglés, que buscaba un alquimista. Se acordaba también de una mujer que confió en el desierto y un día el desierto le trajo a la persona a quien deseaba amar.

Montaron en sus caballos y esta vez fue el muchacho quien siguió al Alquimista. El viento traía los ruidos del oasis, y él intentaba identificar la voz de Fátima. Aquel día no había ido al pozo debido a la batalla.

Pero esta noche, mientras miraban a una serpiente dentro de un círculo, el extraño caballero con su halcón en el hombro había hablado de amor y de tesoros, de las mujeres del desierto y de su Leyenda Personal.

—Iré contigo —dijo el muchacho. E inmediatamente sintió paz en su corazón.

—Partiremos mañana, antes de nacer el sol. —Fue la única respuesta del Alquimista.

El muchacho pasó la noche entera despierto. Dos horas antes del amanecer, despertó a uno de los chicos que dormía en su tienda y le pidió que le mostrara dónde vivía Fátima. Salieron juntos y fueron hasta allí. A cambio, el muchacho le dio dinero para comprar una oveja.

Después le pidió que descubriera dónde dormía Fátima, que la despertara y le dijese que él la estaba esperando. El joven árabe lo hizo, y a cambio recibió dinero para comprar otra oveja.

—Ahora déjanos solos —dijo el muchacho al joven árabe, que volvió a su tienda a dormir, orgulloso de haber ayudado al Consejero del Oasis y contento por tener dinero para comprar ovejas.

Fátima apareció en la puerta de la tienda. Los dos salieron para caminar entre las palmeras. El muchacho sabía que iba contra la Tradición, pero esto carecía de importancia ahora.

—Me voy —dijo—. Y quiero que sepas que volveré. Te amo porque...

—No digas nada —lo interrumpió Fátima—. Se ama porque se ama. No hay ninguna razón para amar.

Pero el muchacho prosiguió:

—Yo te amo porque tuve un sueño, encontré un rey, vendí cristales, crucé el desierto, los clanes declararon la guerra, y estuve en un pozo para saber dónde vivía un alquimista. Yo te amo porque todo el Universo conspiró para que yo llegara hasta ti.

Los dos se abrazaron. Era la primera vez que sus cuerpos se tocaban.

—Volveré —repitió el muchacho.

—Antes yo miraba al desierto con deseo —dijo Fátima—. Ahora será con esperanza. Mi padre un día partió, pero volvió junto a mi madre y continúa volviendo siempre.

Y no dijeron nada más. Anduvieron un poco entre las palmeras y el muchacho la dejó a la puerta de la tienda.

—Volveré como tu padre volvió para tu madre —dijo.

Se dio cuenta de que los ojos de Fátima estaban llenos de lágrimas.

—¿Lloras?

—Soy una mujer del desierto —dijo ella, escondiendo el rostro—. Pero por encima de todo soy una mujer.

Fátima entró en la tienda. Dentro de poco aparecería el sol. Cuando llegara el día, ella saldría a hacer lo mismo que había hecho durante tantos años, pero todo habría cambiado. El muchacho ya no estaría más en el oasis, y el oasis no tendría ya el significado que tenía hasta hace unos momentos. Ya no sería el lugar con cincuenta mil palmeras y trescientos pozos, adonde los peregrinos llegaban contentos después de un largo viaje. El oasis, a partir de aquel día, sería para ella un lugar vacío.

A partir de aquel día, el desierto iba a ser más importante. Siempre lo miraría, buscando saber cuál era la estrella que él debía de estar siguiendo en busca del tesoro. Tendría que mandar sus besos con el viento, con la esperanza de que tocase el rostro del muchacho y le contase que estaba viva, esperando por él, como una mujer espera a un hombre valiente que sigue en busca de sueños y tesoros.

A partir de aquel día, el desierto sería solamente una cosa: la esperanza de su retorno.

—No pienses en lo que quedó atrás —dijo el Alquimista cuando comenzaron a cabalgar por las arenas del desierto—. Todo está grabado en el Alma del Mundo y allí permanecerá para siempre.

—Los hombres sueñan más con el regreso que con la partida —dijo el muchacho, que ya se estaba volviendo a acostumbrar al silencio del desierto.

—Si lo que tú has encontrado está formado por materia pura, jamás se pudrirá. Y tú podrás volver un día. Si fue sólo un momento de luz, como la explosión de una estrella, entonces no encontrarás nada cuando regreses. Pero habrás visto una explosión de luz. Y esto solo ya habrá valido la pena.

El hombre hablaba usando el lenguaje de la Alquimia. Pero el chico sabía que él se estaba refiriendo a Fátima.

Era difícil no pensar en lo que había quedado atrás. El desierto, con su paisaje casi siempre igual, acostumbraba llenarse de sueños. El muchacho aún veía las palmeras, los pozos y el rostro de la mujer amada. Veía al Inglés con su laboratorio y al camellero, que era un maestro sin saberlo. «Tal vez el Alquimista no haya amado nunca», pensó.

El Alquimista cabalgaba delante, con el halcón en el hombro. El halcón conocía bien el lenguaje del desierto y cuando paraban, él abandonaba el hombro y volaba en busca de alimento. El primer día trajo una liebre. El segundo día trajo dos pájaros.

De noche extendían sus mantas y no encendían hogueras. Las noches del desierto eran frías y se fueron haciendo más oscuras a medida que la luna comenzó a disminuir en el cielo. Durante una semana anduvieron en silencio, conversando apenas sobre las precauciones necesarias para evitar los combates entre los clanes. La guerra continuaba, y el viento a veces traía el olor dulzón de la sangre. Alguna batalla se había librado cerca, y el viento recordaba al muchacho que existía el Lenguaje de las Señales, siempre dispuesto a mostrar lo que sus ojos no conseguían ver.

Cuando completaron siete días de viaje, el Alquimista decidió acampar más temprano que de costumbre. El halcón salió en busca de caza y él sacó la cantimplora de agua y la ofreció al muchacho.

—Ahora estás casi al final de tu viaje —dijo el Alquimista—. Mis felicitaciones por haber seguido tu Leyenda Personal.

—Y usted me está guiando en silencio —dijo el chico—. Pensé que me enseñaría lo que sabe. Hace algún tiempo estuve en el desierto con un hombre que tenía libros de Alquimia. Pero no conseguí aprender nada.

—Sólo existe una manera de aprender —respondió el Alquimista—. Es a través de la acción. Todo lo que necesitabas saber te lo enseñó el viaje. Sólo falta una cosa.

El muchacho quiso saber qué era, pero el Alquimista mantuvo los ojos fijos en el horizonte, esperando el regreso del halcón.

—¿Por qué le llaman Alquimista?

—Porque lo soy.

—¿Y en qué fallaron los otros alquimistas, que buscaron oro y no lo consiguieron?

—Sólo buscaban oro —respondió su compañero—. Buscaban el tesoro de su Leyenda Personal, sin desear vivir su propia Leyenda.

—¿Qué es lo que me falta saber? —insistió el chico.

Pero el Alquimista continuó mirando el horizonte. Después de algún tiempo, el halcón retornó con la comida. Cavaron un agujero y encendieron una hoguera en su interior, para que nadie pudiese ver la luz de las llamas.

—Soy un Alquimista porque soy un Alquimista —dijo él, mientras preparaban la comida—. Aprendí la ciencia de mis abuelos, que la aprendieron de sus abuelos, y así hasta la creación del mundo. En aquella época, toda la ciencia de la Gran Obra podía ser escrita en una simple esmeralda. Pero los hombres no dieron importancia a las cosas simples y comenzaron a escribir tratados, interpretaciones y estudios filosóficos. Empezaron también a decir que sabían el camino mejor que los otros.

»Pero la Tabla de la Esmeralda continúa viva hasta hoy.

—¿Qué es lo que estaba escrito en la Tabla de la Esmeralda? —quiso saber el chico.

El Alquimista empezó a dibujar en la arena y no tardó más de cinco minutos. Mientras él dibujaba, el muchacho se acordó del viejo rey y de la plaza donde se habían encontrado un día; parecía que hubieran pasado muchísimos años.

—Esto es lo que estaba escrito en la Tabla de la Esmeralda —dijo el Alquimista, cuando terminó de escribir.

El muchacho se aproximó y leyó las palabras en la arena.

—Es un código —dijo el muchacho, un poco decepcionado con la Tabla de la Esmeralda—. Se parece a los libros del Inglés.

—No —respondió el Alquimista—. Es como el vuelo de los gavilanes; no debe ser comprendido simplemente por la razón. La Tabla de la Esmeralda es un pasaje directo para el Alma del Mundo.

»Los sabios entendieron que este mundo natural es solamente una imagen y una copia del Paraíso. La simple existencia de este mundo es la garantía de que existe un mundo más perfecto que él. Dios lo creó para que, a través de las cosas visibles, los hombres pudiesen comprender sus enseñanzas espirituales y las maravillas de su sabiduría. A esto es a lo que yo llamo «Acción».

—¿Debo entender la Tabla de la Esmeralda? —preguntó el chico.

—Quizá, si estuvieras en un laboratorio de Alquimia, ahora sería el momento adecuado para estudiar la mejor manera de entender la Tabla de la Esmeralda. Sin embargo, estás en el desierto. Entonces, sumérgete en el desierto. Él sirve para comprender el mundo, tanto como cualquier otra cosa sobre la faz de la Tierra. Ni siquiera necesitas entender al desierto: basta contemplar un simple grano de arena para ver en él todas las maravillas de la Creación.

—¿Cómo hago para sumergirme en el desierto?

—Escucha a tu corazón. Él lo conoce todo, porque proviene del Alma del Mundo, y un día retornará a ella.

Anduvieron en silencio dos días más. El Alquimista estaba mucho más cauteloso, porque se aproximaban a la zona de combates más violentos. Y el muchacho procuraba escuchar a su corazón.

Era un corazón difícil: antes estaba acostumbrado a partir siempre y ahora quería llegar a cualquier precio. A veces, su corazón pasaba horas enteras contando historias nostálgicas, otras veces se emocionaba con la salida del sol en el desierto y hacía que el muchacho llorara a escondidas. El corazón latía más rápido cuando hablaba sobre el tesoro y se hacía más perezoso cuando los ojos del muchacho se perdían en el horizonte infinito del desierto. Pero nunca estaba en silencio, incluso aunque el chico no intercambiara una palabra con el Alquimista.

—¿Por qué hemos de escuchar al corazón? —preguntó el muchacho, cuando acamparon aquel día.

—Porque donde esté él, es donde estará tu tesoro.

—Mi corazón es muy agitado —dijo el chico—. Tiene sueños, se emociona y está enamorado de una mujer del desierto. Me pide cosas y no me deja dormir muchas noches, cuando pienso en ella.

—Eso es bueno. Quiere decir que está vivo. Continúa escuchando lo que tenga que decirte.

En los tres días siguientes, los dos pasaron cerca de algunos Guerreros y vieron a otros grupos en la lejanía. El corazón del muchacho empezó a hablarle de miedo. Le contaba historias que había escuchado del Alma del Mundo, historias de hombres que fueron en busca de sus tesoros y jamás los encontraron. A veces, lo asustaba con el pensamiento de que podría no conseguir el tesoro, o que podría morir en el desierto. Otras veces le decía que ya era suficiente, ya estaba satisfecho, que ya había encontrado un amor y muchas monedas de oro.

—Mi corazón es traicionero —dijo el muchacho al Alquimista, cuando pararon para dejar descansar un poco a los caballos—. No quiere que yo siga adelante.

—Esto es bueno —respondió el Alquimista—. Prueba que tu corazón está vivo. Es natural tener miedo de cambiar por un sueño todo aquello que ya se consiguió.

—Entonces, ¿por qué debo escuchar a mi corazón?

—Porque no conseguirás jamás mantenerlo callado. Y aunque finjas no escuchar lo que te dice, estará dentro de tu pecho repitiendo siempre lo que piensa sobre la vida y el mundo.

—¿Aunque sea traicionero?

—La traición es el golpe que no esperas. Si conoces bien a tu corazón, él jamás te hará eso. Porque tú conocerás sus sueños y sus deseos, y sabrás tratar con ellos. Nadie consigue huir de su corazón. Por eso es mejor escuchar lo que te dice. Para que jamás venga un golpe que no esperas.

El muchacho continuó escuchando a su corazón mientras

avanzaban por el desierto. Fue conociendo sus artimañas y sus trucos, y aceptándolo como era. Entonces el muchacho dejó de tener miedo y de tener ganas de volver, porque cierta tarde su corazón le dijo que estaba contento. «Aunque proteste un poco —decía su corazón— es porque soy un corazón de hombre, y los corazones de hombre son así. Tienen miedo de realizar sus mayores sueños porque consideran que no los merecen, o no van a conseguirlos. Nosotros, los corazones, nos morimos de miedo sólo de pensar en los amores que partieron para siempre, en los momentos que podrían haber sido buenos y que no lo fueron, en los tesoros que podrían haber sido descubiertos y se quedaron para siempre escondidos en la arena. Porque cuando esto sucede, terminamos sufriendo mucho.»

—Mi corazón tiene miedo de sufrir —dijo el muchacho al Alquimista, una noche en que miraban el cielo sin luna.

—Explícale que el miedo a sufrir es peor que el propio sufrimiento. Y que ningún corazón jamás sufrió cuando fue en busca de sus sueños, porque cada momento de búsqueda es un momento de encuentro con Dios y con la Eternidad.

«Cada momento de búsqueda es un momento de encuentro —dijo el muchacho a su corazón—. Mientras busqué mi tesoro, todos mis días fueron luminosos, porque yo sabía que cada momento formaba parte del sueño de encontrar. Mientras busqué este tesoro mío, descubrí por el camino cosas que jamás habría soñado encontrar, si no hubiese tenido el valor de intentar cosas imposibles para los pastores.»

Entonces su corazón se quedó callado una tarde entera. Por la noche, el muchacho durmió tranquilo y cuando se despertó, su corazón empezó a contarle cosas del Alma del Mundo. Le dijo que todo hombre feliz era un hombre que traía a Dios dentro de sí. Y que la felicidad podía ser encontrada en un simple grano de arena del desierto, como había dicho el Alquimista. Porque un grano de arena es un momento de la Creación, y el Universo tardó miles de millones de años para crearlo.

«Cada hombre en la faz de la Tierra tiene un tesoro que está esperando por él —le explicó—. Nosotros, los corazones, acostumbramos hablar poco de esos tesoros, porque los hombres ya no tienen interés en encontrarlos. Sólo hablamos de ellos a los niños. Después, dejamos que la vida encamine a cada uno en dirección a su destino. Pero, infelizmente, pocos siguen el camino que les está trazado, y que es el camino de la Leyenda Personal y de la felicidad. Consideran al mundo como algo amenazador y, justamente por eso, el mundo se convierte en algo amenazador. Entonces nosotros, los corazones, vamos hablando cada vez más bajo, pero no nos callamos nunca. Y deseamos que nuestras palabras no sean oídas, pues no queremos que los hombres sufran porque no siguieron a sus corazones.»

—¿Por qué los corazones no explican a los hombres que deben continuar siguiendo sus sueños? —preguntó el muchacho al Alquimista.

—Porque, en este caso, el corazón es el que sufre más. Y a los corazones no les gusta sufrir.

A partir de aquel día, el muchacho entendió a su corazón. Le pidió que nunca más lo abandonara. Le pidió que, cuando estuviera lejos de sus sueños, el corazón se apretase en su pecho y diese la señal de alarma. Y le juró que siempre que escuchase esta señal, también lo seguiría.

Aquella noche conversó sobre todo esto con el Alquimista. Y el Alquimista entendió que el corazón del muchacho había vuelto al Alma del Mundo.

—¿Qué debo hacer ahora? —preguntó el chico.

—Sigue en dirección a las Pirámides —dijo el Alquimista—. Y continúa atento a las señales. Tu corazón ya es capaz de mostrarte el tesoro.

—¿Era esto lo que faltaba por saber?

—No —respondió el Alquimista—. Lo que faltaba por saber es lo siguiente:

»Siempre, antes de realizar un sueño, el Alma del Mundo decide comprobar todo aquello que fue aprendido durante el recorrido del camino. Hace esto no porque sea mala, sino para que podamos, junto con nuestro sueño, conquistar también las lecciones que aprendimos mientras íbamos hacia él. Es el momento en el que la mayoría de las personas desiste. Es lo que llamamos, en el lenguaje del desierto, "morir de sed cuando las palmeras ya aparecieron en el horizonte".

»Una búsqueda comienza siempre con la Suerte de Principiante. Y termina siempre con la Prueba del Conquistador.

El muchacho se acordó de un viejo proverbio de su tierra. Decía que la hora más oscura era la que venía antes del nacimiento del sol.

Al día siguiente apareció la primera señal concreta de peligro. Tres Guerreros se aproximaron y les preguntaron qué estaban haciendo por allí.

—Vine a cazar con mi halcón —respondió el Alquimista.

—Tenemos que registrarles para comprobar que no llevan armas —dijo uno de los Guerreros.

El Alquimista desmontó con calma de su caballo. El chico hizo lo mismo.

—¿Para qué tanto dinero? —preguntó el Guerrero, cuando vio la bolsa del muchacho.

—Para llegar a Egipto —respondió él.

El guardia que estaba registrando al Alquimista encontró un pequeño frasco de cristal lleno de líquido y un huevo de vidrio amarillento, poco mayor que un huevo de gallina.

—¿Qué son estas cosas? —preguntó.

—Es la Piedra Filosofal y el Elixir de la Larga Vida. Es la Gran Obra de los Alquimistas. Quien tome este elixir jamás caerá enfermo, y una partícula de esta piedra transforma cualquier metal en oro.

Los guardias rieron a más no poder, y el Alquimista rió con

ellos. Habían encontrado la respuesta muy graciosa, y los dejaron partir sin mayores contratiempos, con todas sus pertenencias.

—¿Está usted loco? —preguntó el muchacho al Alquimista, cuando ya se habían distanciado bastante—. ¿Por qué hizo eso?

—Para enseñarte una simple ley del mundo —respondió el Alquimista—. Cuando tenemos los grandes tesoros delante nuestro, nunca los percibimos. ¿Y sabes por qué? Porque los hombres no creen en tesoros.

Continuaron andando por el desierto. Cada día que pasaba, el corazón del muchacho iba quedando más silencioso. Ya no quería saber de cosas pasadas o de cosas futuras: se contentaba con contemplar también el desierto y beber junto con el muchacho el Alma del Mundo. Él y su corazón se hicieron grandes amigos, y cada uno pasó a ser incapaz de traicionar al otro.

Cuando el corazón hablaba, era para dar estímulo y fuerza al muchacho, que a veces encontraba abrumantes y tediosos los días de silencio. El corazón le contó por primera vez sus grandes cualidades: su coraje al abandonar a las ovejas, al vivir su Leyenda Personal y su entusiasmo en la tienda de cristales.

Le contó también otra cosa que el chico nunca había notado: los peligros que habían pasado cerca sin que él los percibiera. Su corazón le dijo que cierta vez había escondido la pistola que él había robado a su padre, pues tenía gran probabilidad de herirse con ella. Y recordó un día en que el chico se había sentido mal en pleno campo, había vomitado y después se había quedado dormido por mucho tiempo. Ese día, a poca distancia, lo esperaban dos asaltantes que estaban planeando asesinarlo para robarle las ovejas. Pero como el chico no apareció, decidieron marcharse pensando que habría cambiado su ruta.

—¿Los corazones siempre ayudan a los hombres? —preguntó el muchacho al Alquimista.

—Sólo a los que viven su Leyenda Personal. Pero ayudan mucho a los niños, a los borrachos y a los viejos.

—¿Quiere eso decir entonces que no hay peligro?

—Quiere decir solamente que los corazones se esfuerzan al máximo —respondió el Alquimista.

Cierta tarde pasaron por el campamento de uno de los clanes. Había árabes con vistosas ropas blancas y armas apoyadas en todos los rincones. Los hombres fumaban narguile y conversaban sobre los combates. Nadie prestó atención a los viajeros.

—No hay ningún peligro —dijo el muchacho, cuando ya se habían alejado un poco del campamento.

El Alquimista se puso furioso.

—Confía en tu corazón —dijo—, pero no olvides que estás en el desierto. Cuando los hombres están en guerra, el Alma del Mundo también siente los gritos de combate. Nadie deja de sufrir las consecuencias de cada cosa que sucede bajo el sol.

«Todo es una sola cosa», pensó el muchacho.

Y como si el desierto quisiera mostrar que el viejo Alquimista tenía razón, dos jinetes surgieron por detrás de los viajeros.

—No pueden seguir adelante —dijo uno de ellos—. Están en las arenas donde se libran los combates.

—No voy muy lejos —respondió el Alquimista, mirando

profundamente a los ojos de los Guerreros. Después de un breve silencio, éstos accedieron a dejarlos seguir su viaje.

El muchacho asistió a todo aquello fascinado.

—Usted ha dominado a los guardias con la mirada —comentó.

—Los ojos muestran la fuerza del alma —respondió el Alquimista.

Era verdad, pensó el chico. Se había dado cuenta de que, en medio de la multitud de soldados en el campamento, uno de ellos los había estado mirando fijamente. Y estaba tan distante, que ni siquiera se podía distinguir bien su rostro. Pero el chico tenía la certeza de que los estaba mirando.

Finalmente, cuando comenzaron a cruzar una montaña que se extendía por todo el horizonte, el Alquimista le dijo que faltaban dos días para llegar a las Pirámides.

—Si nos vamos a separar pronto —respondió el chico—, enséñeme Alquimia.

—Tú ya sabes. Es penetrar en el Alma del Mundo y descubrir el tesoro que ella nos reservó.

—No es esto lo que quiero saber. Me refiero a transformar el plomo en oro.

El Alquimista respetó el silencio del desierto, y sólo respondió al muchacho cuando se detuvieron para comer.

—Todo evoluciona en el Universo —dijo—. Y para los sabios, el oro es el metal más evolucionado. No me preguntes por qué; no lo sé. Sólo sé que la Tradición siempre está acertada.

»Son los hombres quienes no interpretaron bien las palabras

de los sabios. Y, en vez de ser un símbolo de la evolución, el oro pasó a ser la señal de las guerras.

—Las cosas hablan muchos lenguajes —dijo el muchacho—. Vi cuando el relincho de un camello era solamente un relincho, después pasó a ser una señal de peligro y finalmente volvió a ser un simple relincho.

Pero se calló. El Alquimista ya debía de saber todo aquello.

—Conocí a verdaderos alquimistas —continuó—. Se encerraban en el laboratorio, intentaban evolucionar como el oro y acababan descubriendo la Piedra Filosofal. Porque habían entendido que cuando una cosa evoluciona, evoluciona también todo lo que está a su alrededor.

»Algunos consiguieron la Piedra por accidente. Ya tenían el don, sus almas estaban más despiertas que las de otras personas. Pero éstos no cuentan, porque son escasos.

»Otros, finalmente, buscaban sólo el oro. Éstos jamás descubrieron el secreto. Se olvidaron de que el plomo, el cobre y el hierro también tienen su Leyenda Personal para cumplir. Quien interfiere en la Leyenda Personal de los otros, nunca descubrirá la suya.

Las palabras del Alquimista sonaron como una maldición. Él se inclinó y recogió una concha del suelo del desierto.

—Esto un día fue un mar —dijo.

—Ya me había dado cuenta —respondió el muchacho.

El Alquimista le pidió que se colocara la concha en el oído. Él ya lo había hecho muchas veces de niño y escuchó como entonces el sonido del mar.

—El mar continúa dentro de esta concha, porque es su Leyenda Personal. Y jamás la abandonará, hasta que el desierto se cubra nuevamente de agua.

Después montaron en sus caballos y prosiguieron en dirección a las Pirámides de Egipto.

El sol había comenzado a descender cuando el corazón del muchacho dio señales de peligro. Estaban en medio de gigantescas dunas, y el chico miró al Alquimista, pero éste pareció no haber notado nada. Cinco minutos después aparecieron dos jinetes, sus siluetas recortadas contra el sol. Antes de que pudiese hablar con el Alquimista, los dos jinetes se transformaron en diez, después en cien, hasta que las gigantescas dunas quedaron cubiertas por ellos.

Eran Guerreros vestidos de azul, con una tiara negra sobre el turbante. Los rostros estaban tapados por otro velo azul, dejando solamente los ojos descubiertos.

Aun a distancia, los ojos mostraban la fuerza de sus almas. Y los ojos hablaban de muerte.

Los llevaron a un campamento militar en las inmediaciones. Un soldado empujó al muchacho y al Alquimista al interior de una tienda. Era una tienda diferente a las que había conocido en el oasis; allí estaba un comandante reunido con su estado mayor.

—Son los espías —dijo uno de los hombres.

—Sólo somos viajeros —respondió el Alquimista.

—Fueron vistos en el campamento enemigo hace tres días. Y estuvieron hablando con uno de los Guerreros.

—Soy un hombre que camina por el desierto y conoce a las estrellas —dijo el Alquimista—. No tengo informaciones de tropas o de movimiento de clanes. Sólo estaba guiando a mi amigo hasta aquí.

—¿Quién es tu amigo? —preguntó el comandante.

—Un alquimista —dijo el Alquimista—. Conoce los poderes de la naturaleza. Y desea mostrar al comandante su capacidad extraordinaria.

El muchacho oía en silencio. Y con miedo.

—¿Qué hace un extranjero en nuestra tierra? —dijo otro hombre.

—Ha traído dinero para ofrecer a su clan —respondió el Alquimista, antes de que el chico pudiese abrir la boca. Y cogiéndole la bolsa, entregó las monedas de oro al general.

El árabe las aceptó en silencio. Permitían comprar muchas armas.

—¿Qué es un alquimista? —preguntó, finalmente.

—Un hombre que conoce la naturaleza y el mundo. Si él quisiera, destruiría este campamento sólo con la fuerza del viento.

Los hombres se rieron. Estaban acostumbrados a la fuerza de la guerra, y el viento no detiene un golpe mortal. Dentro del pecho de cada uno, sin embargo, sus corazones se encogieron. Eran hombres del desierto, y temían a los hechiceros.

—Quiero verlo —dijo el general.

—Necesitamos tres días —respondió el Alquimista—. Y él se transformará en viento, apenas para mostrar la fuerza de su poder. Si no lo consigue, nosotros le ofrecemos humildemente nuestras vidas, en honor a su clan.

—No me puedes ofrecer lo que ya es mío —dijo, arrogante, el general.

Pero concedió tres días a los viajeros.

El muchacho estaba paralizado de terror. Salió de la tienda porque el Alquimista lo sostenía por el brazo.

—No dejes que perciban tu miedo —dijo el Alquimista—. Son hombres valientes y desprecian a los cobardes.

El muchacho, no obstante, estaba sin voz. Sólo consiguió hablar después de algún tiempo, mientras caminaban por el campamento. No había necesidad de prisión: los árabes se habían limitado a retirarles los caballos. Y una vez más, el mundo mostró sus múltiples lenguajes: el desierto, que era antes un terreno libre e infinito, era ahora una muralla infranqueable.

—¡Les ha dado todo mi tesoro! —dijo el muchacho—. ¡Todo lo que yo gané en toda mi vida!

—¿Y de qué te serviría si murieras? —respondió el Alquimista—. Tu dinero te salvó por tres días. Pocas veces el dinero sirve para retrasar la muerte.

Pero el muchacho estaba demasiado asustado para escuchar palabras sabias. No sabía cómo transformarse en viento. No era un alquimista.

El Alquimista pidió té a un Guerrero y colocó un poco en las muñecas del muchacho, sobre la vena que transmite el pulso. Una ola de tranquilidad inundó su cuerpo, mientras el Alquimista decía unas palabras que él no conseguía comprender.

—No te desesperes —dijo el Alquimista, con una voz extrañamente dulce—, porque esto impide que puedas conversar con tu corazón.

—Pero yo no sé transformarme en viento.

—Quien vive su Leyenda Personal, sabe todo lo que necesita saber. Sólo una cosa torna a un sueño imposible: el miedo a fracasar.

—No tengo miedo de fracasar. Simplemente no sé transformarme en viento.

—Pues tendrás que aprender. Tu vida depende de ello.

—¿Y si no lo consigo?

—Morirás mientras estabas viviendo tu Leyenda Personal. Es

mucho mejor que morir como millones de personas, que jamás supieron que la Leyenda Personal existía.

»Mientras tanto, no te preocupes. Generalmente la muerte hace que las personas se tornen más sensibles a la vida.

Pasó el primer día. Hubo una gran batalla en las inmediaciones, y varios heridos fueron traídos al campamento militar. «Nada cambia con la muerte», pensaba el muchacho. Los Guerreros que morían eran sustituidos por otros, y la vida continuaba.

—Podrías haber muerto más tarde, amigo mío —dijo el guardia al cuerpo de un compañero suyo—. Podrías haber muerto cuando llegase la paz. Pero terminarías muriendo de cualquier manera.

Al caer el día, el muchacho fue a buscar al Alquimista. Estaba llevando al halcón hacia el desierto.

—No sé transformarme en viento —repitió el muchacho.

—Acuérdate de lo que te dije, sobre que el mundo es apenas la parte visible de Dios. Y que la Alquimia es traer al plano material la perfección espiritual.

—¿Y ahora qué hace?

—Alimento a mi halcón.

—Si yo no consigo transformarme en viento, moriremos —dijo el muchacho—. ¿Para qué alimentar al halcón?

—Quien morirá serás tú —dijo el Alquimista—. Yo sé transformarme en viento.

El segundo día, el muchacho fue hasta lo alto de una roca que quedaba cerca del campamento. Los centinelas lo dejaron pasar; ya habían oído hablar del brujo que se transformaba en viento, y no querían acercársele. Además, el desierto era una gran e infranqueable muralla.

Se pasó el resto de la tarde del segundo día mirando al desierto. Escuchó a su corazón. Y el desierto escuchó su miedo.

Ambos hablaban la misma lengua.

Al tercer día, el general se reunió con los principales comandantes.

—Vamos a ver al muchacho que se transforma en viento —dijo el general al Alquimista.

—Vamos a verlo —respondió el Alquimista.

El muchacho los condujo hasta el lugar donde había estado el día anterior. Entonces les pidió a todos que se sentaran.

—Tardará un poco —dijo el muchacho.

—No tenemos prisa —respondió el general—. Somos hombres del desierto.

El muchacho comenzó a mirar el horizonte de frente. En la lejanía se divisaban montañas, rocas y plantas rastreras que insistían en vivir allí donde la supervivencia era imposible. Allí estaba el desierto que él había recorrido durante tantos meses y del que, aun así, sólo conocía una pequeña parte. En esta pequeña parte había encontrado ingleses, caravanas, guerras de clanes y un oasis con cincuenta mil palmeras y trescientos pozos.

—¿Qué quieres tú aquí hoy? —le preguntó el desierto—. ¿No nos contemplamos ya suficientemente ayer?

—En algún punto guardas a la persona que amo —dijo el muchacho—. Entonces, cuando miro tus arenas, también la veo a ella. Quiero volver junto a ella, y necesito tu ayuda para transformarme en viento.

—¿Qué es el amor? —preguntó el desierto.

—El amor es cuando el halcón vuela sobre tus arenas. Porque para él, tú eres un campo verde, y él nunca volvió sin caza. Él conoce tus rocas, tus dunas y tus montañas, y tú eres generoso con él.

—El pico del halcón arranca pedazos de mí —dijo el desierto—. Durante años yo cultivo su caza, lo alimento con la escasa agua que tengo, le muestro dónde está la comida. Y un día, el halcón baja del cielo justamente cuando yo empezaba a sentir el cariño de la caza sobre mis arenas. Y él se lleva lo que yo crié.

—Pero fue para esto que tú criaste a la caza —respondió el muchacho—. Para alimentar al halcón. Y el halcón alimentará al hombre. Y el hombre entonces alimentará un día tus arenas, de donde la caza volverá a surgir. Así se mueve el mundo.

—¿Y esto es el amor?

—Sí, esto es el amor. Es lo que hace a la caza transformarse en halcón, el halcón en hombre y al hombre de nuevo en desierto. Es esto lo que hace al plomo transformarse en oro; y al oro volver a esconderse bajo la tierra.

—No entiendo tus palabras —dijo el desierto.

—Entonces entiende que en algún lugar de tus arenas, una mujer me espera. Y para esto, tengo que transformarme en viento.

El desierto guardó silencio por unos instantes.

—Yo te ofrezco mis arenas para que el viento pueda soplar. Pero solo, no puedo hacer nada. Pide ayuda al viento.

Una pequeña brisa comenzó a soplar. Los comandantes miraban al muchacho a lo lejos, hablando un lenguaje que desconocían.

El Alquimista sonreía.

El viento se acercó al muchacho y tocó su rostro. Había escuchado su conversación con el desierto, porque los vientos siempre lo saben todo. Recorrían el mundo sin un lugar donde nacer y sin un lugar donde morir.

—Ayúdame —dijo el muchacho al viento—. Cierto día escuché en ti la voz de mi amada.

—¿Quién te enseñó a hablar el lenguaje del desierto y del viento?

—Mi corazón —respondió el muchacho.

El viento tenía muchos nombres. Allí lo llamaban siroco, porque los árabes creían que provenía de tierras cubiertas de agua, habitadas por hombres negros. En la tierra distante de donde procedía el muchacho lo llamaban Levante, porque creían que traía las arenas del desierto y los gritos de guerra de los moros. Tal vez en algún lugar más distante de los campos de ovejas, los hombres pensaran que el viento nacía en Andalucía. Pero el viento no venía de ninguna parte, y no iba a ninguna parte, y por eso era más fuerte que el desierto. Un día ellos podrían plantar árboles en el desierto, e incluso criar ovejas, pero jamás conseguirían dominar el viento.

—Tú no puedes ser viento —le dijo el viento—. Somos de naturalezas diferentes.

—No es verdad —contestó el muchacho—. Conocí los secretos de la Alquimia mientras vagaba por el mundo contigo. Tengo en mí los vientos, los desiertos, los océanos, las estrellas y todo lo que fue creado en el Universo. Fuimos hechos por la misma Mano y tenemos la misma Alma. Quiero ser como tú, penetrar en todos los rincones, atravesar los mares, sacar la arena que cubre mi tesoro, acercar hacia mí la voz de mi amada.

—Escuché tu conversación con el Alquimista el otro día —dijo el viento—. Él dijo que cada cosa tiene su Leyenda Personal. Las personas no pueden transformarse en viento.

—Enséñame a ser viento por algunos instantes —dijo el muchacho— para que podamos conversar sobre las posibilidades ilimitadas de los hombres y de los vientos.

El viento era curioso, y aquello era algo que él no conocía. Le gustaría conversar sobre aquel asunto, pero no sabía cómo transformar hombres en viento. ¡Y con tantas cosas como sabía! Construía desiertos, hundía barcos, derribaba bosques enteros y paseaba por ciudades llenas de música y de ruidos extraños. Se consideraba ilimitado y, sin embargo, ahí estaba ese muchacho diciéndole que aún había más cosas que un viento podía hacer.

—Es eso que llaman Amor —dijo el muchacho, al ver que el viento estaba casi accediendo a su pedido—. Cuando se ama, es cuando se consigue ser algo de la Creación. Cuando se ama no tenemos ninguna necesidad de entender lo que sucede, porque todo pasa a suceder adentro nuestro, y los hombres pueden transformarse en viento. Siempre que los vientos ayuden, claro está.

El viento era muy orgulloso, y le irritó lo que el chico le decía. Comenzó a soplar con mayor velocidad, levantando las arenas del desierto. Pero finalmente tuvo que reconocer que, aun habiendo recorrido el mundo entero, no sabía cómo transformar hombres en viento. Y no conocía el Amor.

—Mientras paseaba por el mundo, noté que muchas personas hablaban de Amor mirando hacia el cielo —dijo el viento, furioso por tener que aceptar sus limitaciones—. Tal vez sea mejor preguntar al cielo.

—Entonces ayúdame —dijo el muchacho—. Llena este lugar de polvo, para que yo pueda mirar al sol sin quedarme ciego.

Entonces el viento sopló con mucha fuerza, y el cielo se llenó de arena, dejando apenas un disco dorado en el lugar del sol.

Desde el campamento estaba siendo muy difícil ver lo que sucedía. Los hombres del desierto ya conocían aquel viento. Se llamaba simún y era peor que una tempestad en el mar (porque ellos no conocían el mar). Los caballos relinchaban y las armas empezaron a quedar cubiertas de arena.

En el peñasco, uno de los comandantes se dirigió al general, diciendo:

—Quizá sea mejor parar todo esto.

Ya casi no podían ver al muchacho. Los rostros estaban cubiertos por los velos azules, y los ojos ahora transmitían solamente espanto.

—Vamos a detener esto —insistió otro comandante.

—Quiero ver la grandeza de Alá —dijo, con respeto, el general—. Quiero ver cómo los hombres se transforman en viento.

Pero anotó mentalmente el nombre de los dos hombres que habían tenido miedo. En cuanto el viento parase, los destituiría de sus comandos, porque los hombres del desierto no sienten miedo.

—El viento me dijo que tú conoces el Amor —dijo el muchacho al Sol—. Si conoces el Amor, conoces también el Alma del Mundo, que está hecha de Amor.

—Desde aquí donde estoy —dijo el Sol— puedo ver el Alma

del Mundo. Ella se comunica con mi alma y los dos juntos hacemos crecer a las plantas y caminar en busca de sombra a las ovejas. Desde aquí donde estoy —y estoy muy lejos del mundo— aprendí a amar. Sé que si me aproximo un poco más a la Tierra, todo lo que hay en ella morirá, y el Alma del Mundo dejará de existir. Entonces nos contemplamos y nos queremos, y yo le doy vida y calor, y ella me da una razón para vivir.

—Tú conoces el Amor —dijo el muchacho.

—Y conozco el Alma del Mundo porque conversamos mucho en este viaje sin fin por el Universo. Ella me cuenta que su mayor problema es que, hasta hoy, sólo los minerales y los vegetales entendieron que todo es una sola cosa. Y para esto, no es necesario que el hierro sea igual al cobre, ni que el cobre sea igual que el oro. Cada uno cumple su función exacta en esta cosa única, y todo sería una Sinfonía de Paz, si la Mano que escribió todo esto se hubiera detenido en el quinto día de la creación.

»Pero hubo un sexto día —dijo el Sol.

—Tú eres sabio porque lo ves todo desde la distancia —respondió el muchacho—. Pero no conoces el Amor. Si no hubiera habido un sexto día de la creación, no existiría el hombre, y el cobre sería siempre cobre, y el plomo siempre plomo. Cada uno tiene su Leyenda Personal, es verdad, pero un día esta Leyenda Personal será cumplida. Entonces es necesario transformarse en algo mejor, y tener una nueva Leyenda Personal, hasta que el Alma del Mundo sea realmente una sola cosa.

El Sol se quedó pensativo y decidió brillar más fuerte. El viento, a quien estaba gustando la conversación, sopló también más fuerte, para que el Sol no cegase al muchacho.

—Para esto existe la Alquimia —dijo el muchacho—. Para que cada hombre busque su tesoro y lo encuentre, y después quiera ser mejor de lo que fue en su vida anterior. El plomo cumplirá su papel hasta que el mundo no necesite más plomo; entonces tendrá que transformarse en oro.

»Los alquimistas hacen esto. Muestran que cuando buscamos ser mejores de lo que somos, todo a nuestro alrededor se vuelve mejor también.

—¿Y por qué dices que yo no conozco el Amor? —preguntó el Sol.

—Porque el Amor no es estar parado como el desierto, ni correr por el mundo como el viento, ni verlo todo de lejos, como tú. El Amor es la fuerza que transforma y mejora el Alma del Mundo. Cuando penetré en ella por primera vez, la encontré perfecta. Pero después vi que ella era un reflejo de todas las criaturas, y tenía sus guerras y sus pasiones. Somos nosotros quienes alimentamos el Alma del Mundo y la tierra donde vivimos será mejor o peor, según seamos mejores o peores. Ahí es donde entra la fuerza del Amor, porque cuando amamos, siempre deseamos ser mejores de lo que somos.

—¿Qué es lo que quieres de mí? —preguntó el Sol.

—Que me ayudes a transformarme en viento —respondió el muchacho.

—La Naturaleza me conoce como la más sabia de todas las criaturas —dijo el Sol—, pero no sé cómo transformarte en viento.

—¿Con quién debo hablar, entonces?

Por un momento, el Sol se quedó callado. El viento lo escuchaba todo, y difundiría por todo el mundo que su sabiduría era limitada. Sin embargo, no había manera de eludir a aquel muchacho, que hablaba el Lenguaje del Mundo.

—Habla con la Mano que escribió todo —dijo el Sol.

El viento gritó de alegría y sopló con más fuerza que nunca. Las tiendas comenzaron a ser arrancadas de la arena y los animales se soltaron de sus riendas. En el peñasco, los hombres se aferraban unos a otros para no ser lanzados lejos.

El muchacho se dirigió entonces a la Mano que Todo lo Había Escrito. Y, en vez de empezar a hablar, sintió que el Universo permanecía en silencio, y él guardó silencio también.

Una fuerza de Amor surgió de su corazón y el muchacho comenzó a rezar. Era una oración sin palabras y sin peticiones. No estaba agradeciendo que las ovejas hubieran encontrado pasto, ni implorando para vender más cristales, ni pidiendo que la mujer que había encontrado estuviese esperando su regreso. En el silencio que siguió, el muchacho entendió que el desierto, el viento y el sol también buscaban las señales que aquella Mano había escrito, y procuraban cumplir sus caminos y entender lo que estaba escrito en una simple esmeralda. Sabía que aquellas señales estaban diseminadas en la Tierra y en el Espacio, que en su apariencia no tenían ningún motivo ni significado, y que ni los desiertos, ni los vientos, ni los soles ni los hombres sabían por qué habían sido creados. Pero aquella Mano tenía un motivo para todo esto y sólo ella era capaz de operar milagros, de transformar océanos en desiertos y hombres en viento. Porque sólo ella entendía que un designio mayor empujaba al Universo hacia un punto donde los seis días de la creación se transformarían en la Gran Obra.

Y el muchacho se sumergió en el Alma del Mundo y vio que el Alma del Mundo era parte del Alma de Dios, y vio que el Alma de Dios era su propia alma. Y que podía, entonces, realizar milagros.

El simún sopló aquel día como jamás había soplado. Durante muchas generaciones los árabes se contaron entre sí la leyenda de un muchacho que se había transformado en viento, había semidestruido un campamento militar y desafiado el poder del general más importante del ejército.

Cuando el simún paró de soplar, todos miraron hacia el lugar donde estaba el muchacho. Ya no estaba allí; estaba junto a un centinela casi cubierto de arena y que vigilaba el lado opuesto del campamento.

Los hombres estaban aterrorizados con la brujería. Sólo dos personas sonreían: el Alquimista, porque había encontrado a su mejor discípulo, y el general, porque el discípulo había entendido la gloria de Dios.

Al día siguiente, el general se despidió del muchacho y del Alquimista y ordenó que una escolta los acompañara hasta donde ellos quisieran.

Viajaron el día entero. Al atardecer, llegaron frente a un monasterio copto. El Alquimista despidió a la escolta y bajó del caballo.

—A partir de aquí seguirás solo —dijo—. En tres horas más llegarás a las Pirámides.

—Gracias —dijo el muchacho—. Usted me ha enseñado el Lenguaje del Mundo.

—Me limité a recordarte lo que ya sabías.

El Alquimista llamó a la puerta del monasterio. Un monje vestido de negro vino a atenderles. Hablaron algo en copto, y el Alquimista invitó al muchacho a entrar.

—Pedí que me prestaran un rato la cocina —dijo.

Fueron hasta la cocina del monasterio. El Alquimista encendió el fuego y el monje trajo un poco de plomo, que el Alquimista derritió dentro de un recipiente circular de hierro. Cuando el plomo se hubo vuelto líquido, el Alquimista sacó de su bolsa aquel extraño huevo de vidrio amarillento. Raspó una capa del grosor de un cabello, la envolvió en cera y la tiró en el recipiente que contenía el plomo derretido.

La mezcla fue adquiriendo un color rojizo como la sangre. El

Alquimista entonces retiró el recipiente del fuego y lo dejó enfriar. Mientras tanto, conversaba con el monje sobre la guerra de los clanes.

—Durará aún mucho —le dijo al monje.

El monje estaba fastidiado. Hacía tiempo que las caravanas estaban paradas en Gizeh, esperando que la guerra terminara.

—Pero cúmplase la voluntad de Dios —dijo el monje.

—Exactamente —respondió el Alquimista.

Cuando el recipiente acabó de enfriarse, el monje y el muchacho miraron deslumbrados. El plomo se había secado adquiriendo la forma circular de éste, pero ya no era plomo. Era oro.

—¿Aprenderé a hacer esto algún día? —preguntó el muchacho.

—Ésta fue mi Leyenda Personal, y no la tuya —respondió el Alquimista—. Pero quería mostrarte que es posible.

Caminaron de vuelta hasta la puerta del convento. Allí, el Alquimista dividió el disco en cuatro partes.

—Ésta es para usted —dijo él, extendiendo una parte al monje—. Por su generosidad con los peregrinos.

—Estoy recibiendo un pago que excede a mi generosidad —respondió el monje.

—Jamás repita eso. La vida puede escucharlo y darle menos la próxima vez.

Después se aproximó al muchacho.

—Ésta es para ti. Para pagar lo que dejaste al general.

El muchacho iba a decir que era mucho más de lo que había dado al general. Pero se calló porque había oído el comentario que el Alquimista le había hecho al monje.

—Ésta es para mí —dijo el Alquimista, guardándose una parte—. Porque tengo que volver por el desierto, y existe una guerra entre los clanes.

Entonces tomó el cuarto pedazo y lo dio nuevamente al monje:

—Ésta es para el muchacho, en caso de que la necesite.

—¡Pero si estoy yendo en busca de mi tesoro! —dijo el chico—. ¡Estoy bien cerca de él ahora!

—Y estoy seguro de que lo encontrarás —dijo el Alquimista.

—Entonces, ¿por qué esto?

—Porque tú ya perdiste dos veces, con el ladrón y con el general, el dinero que ganaste en tu viaje. Yo soy un viejo árabe supersticioso que creo en los proverbios de mi tierra. Y existe un proverbio que dice:

«Todo lo que sucede una vez, puede no suceder nunca más. Pero todo lo que sucede dos veces, sucederá, ciertamente, una tercera.»

Montaron en sus caballos.

—Quiero contarte una historia sobre sueños —dijo el Alquimista.

El muchacho aproximó su caballo.

—En la antigua Roma, en la época del emperador Tiberio, vivía un hombre muy bondadoso que tenía dos hijos: uno era militar y cuando entró al ejército fue enviado a las más distantes regiones del Imperio. El otro hijo era poeta y encantaba a toda Roma con sus hermosos versos.

»Una noche, el viejo tuvo un sueño. Se le aparecía un ángel para decir que las palabras de uno de sus hijos serían conocidas y repetidas en el mundo entero por todas las generaciones futuras. El anciano se despertó aquella noche agradecido y llorando, porque la vida era generosa y le había revelado una cosa que cualquier padre estaría orgulloso de saber.

»Poco tiempo después, el viejo murió al intentar salvar a un niño que iba a ser aplastado por las ruedas de un carruaje. Como se había portado de manera correcta y justa durante toda su vida, fue directo al cielo y se encontró con el ángel que había aparecido en su sueño.

»—Fuiste un hombre bueno —le dijo el ángel—. Viviste tu

existencia con amor y moriste con dignidad. Puedo realizar ahora cualquier deseo que tengas.

»—La vida también fue buena para mí —respondió el viejo—. Cuando apareciste en un sueño, sentí que todos mis esfuerzos estaban justificados. Porque los versos de mi hijo quedarán entre los hombres por los siglos venideros. Nada tengo que pedir para mí; no obstante, todo padre estaría orgulloso de ver la fama de alguien a quien cuidó cuando niño y educó cuando joven. Me gustaría ver, en el futuro distante, las palabras de mi hijo.

»El ángel tocó al viejo en el hombro y ambos fueron proyectados hasta un futuro distante. Alrededor de ellos apareció un lugar inmenso, con millones de personas que hablaban una lengua extraña.

»El viejo lloró de alegría.

»—Yo sabía que los versos de mi hijo poeta eran buenos e inmortales —le dijo al ángel, entre lágrimas—. Me gustaría que me dijeras cuál de sus poesías es la que estas personas están repitiendo.

El ángel entonces se aproximó al viejo con cariño y ambos se sentaron en uno de los bancos que había en aquel inmenso lugar.

»—Los versos de tu hijo poeta fueron muy populares en Roma —dijo el ángel—. A todos gustaban y todos se divertían con ellos. Pero cuando el reinado de Tiberio acabó, sus versos también fueron olvidados. Estas palabras son de tu otro hijo, el que entró en el ejército.

»El viejo miró sorprendido al ángel.

»—Tu hijo fue a servir a un lugar distante y se hizo centurión.

Era también un hombre justo y bueno. Cierta tarde, uno de sus siervos enfermó y estaba a punto de morir. Tu hijo, entonces, oyó hablar de un rabino que curaba enfermos, y anduvo días y días en busca de este hombre. Mientras caminaba descubrió que el hombre que estaba buscando era el Hijo de Dios. Encontró a otras personas que habían sido curadas por él, aprendió sus enseñanzas y a pesar de ser un centurión romano se convirtió a su fe. Hasta que cierta mañana llegó hasta el Rabino.

»Le contó que tenía un siervo enfermo. Y el Rabino se ofreció a ir hasta su casa. Pero el centurión era un hombre de fe, y mirando al fondo de los ojos del Rabino comprendió que estaba delante del propio Hijo de Dios, cuando las personas a su alrededor se levantaron.

»—Éstas son las palabras de tu hijo —dijo el ángel al viejo—. Son las palabras que él dijo al Rabino en aquel momento y que nunca más fueron olvidadas. Dicen: "Señor, yo no soy digno de que entres en mi casa, pero di una sola palabra y mi siervo será salvo".

El Alquimista movió su caballo.

—No importa lo que haga, cada persona en la Tierra está siempre representando el papel principal de la historia del mundo —dijo—. Y normalmente no lo sabe.

El muchacho sonrió. Nunca había pensado que la vida pudiese ser tan importante para un pastor.

—Adiós —dijo el Alquimista.

—Adiós —respondió el muchacho.

El muchacho caminó dos horas y media por el desierto, procurando escuchar atentamente lo que su corazón decía. Era él quien le revelaría el lugar exacto donde estaba escondido el tesoro.

«Donde esté tu tesoro, allí estará también tu corazón», le había dicho el Alquimista.

Pero su corazón hablaba de otras cosas. Contaba con orgullo la historia de un pastor que había dejado sus ovejas para seguir un sueño que se repitió dos noches. Hablaba de la Leyenda Personal y de muchos hombres que hicieron esto, que fueron en busca de tierras distantes o de mujeres bonitas, enfrentando a los hombres de su época, con sus prejuicios y con sus ideas. Habló durante todo aquel tiempo de viajes, de descubrimientos, de libros y de grandes cambios.

Cuando iba a comenzar a subir una duna —y sólo en aquel momento— fue cuando su corazón le susurró al oído: «Estáte atento cuando llegues a un lugar en donde vas a llorar. Porque en ese lugar estoy yo, y en ese lugar está tu tesoro».

El muchacho comenzó a subir la duna lentamente. El cielo, cubierto de estrellas, mostraba nuevamente la luna llena; habían caminado un mes por el desierto. La luna iluminaba también la duna, en un juego de sombras que hacía que el desierto pareciese un mar lleno de olas, y que el muchacho recordaba el día en que había soltado a su caballo para que corriera libremente por él, ofreciendo una buena señal al Alquimista. Finalmente, la luna iluminaba el silencio del desierto y la jornada que hacen los hombres que buscan tesoros.

Cuando después de algunos minutos llegó a lo alto de la duna, su corazón dio un salto. Iluminadas por la luz de la luna llena y por la blancura del desierto, erguíanse, majestuosas y solemnes, las Pirámides de Egipto.

El muchacho cayó de rodillas y lloró. Agradecía a Dios por haber tenido fe en su Leyenda Personal y por haber encontrado cierto día a un rey, un mercader, un inglés y un alquimista. Y, por encima de todo, por haber encontrado a una mujer del desierto, que le había hecho entender que el Amor jamás separará a un hombre de su Leyenda Personal.

Los muchos siglos de las Pirámides de Egipto contemplaban, desde lo alto, al muchacho. Si él quisiera, podía ahora volver al oasis, recoger a Fátima y vivir como un simple pastor de ovejas. Porque el Alquimista vivía en el desierto, a pesar de que comprendía el Lenguaje del Mundo y sabía transformar el plomo en oro. No tenía que mostrar a nadie su ciencia y su arte. Mientras caminaba en dirección a su Leyenda Personal había aprendido todo lo que necesitaba y había vivido todo lo que había soñado vivir.

Pero había llegado a su tesoro, y una obra sólo está completa cuando se alcanza el objetivo. Allí, en aquella duna, el muchacho había llorado. Miró al suelo y vio que, en el lugar donde habían caído sus lágrimas, se paseaba un escarabajo. Durante el tiempo que había pasado en el desierto, había aprendido que en Egipto los escarabajos eran el símbolo de Dios.

Allí estaba, pues, otra señal. Y el muchacho comenzó a cavar, después de acordarse del vendedor de cristales; nadie podría tener una Pirámide en su huerto, aunque acumulase piedras durante toda su vida.

Toda la noche el muchacho cavó en el lugar marcado sin encontrar nada. Desde lo alto de las Pirámides, los siglos lo contemplaban en silencio. Pero el muchacho no desistía: cavaba y cavaba, luchando contra el viento, que muchas veces volvía a traer la arena al agujero. Sus manos, cansadas, terminaron heridas, pero el muchacho seguía teniendo fe en su corazón. Y su corazón le había dicho que cavara donde hubieran caído sus lágrimas.

De repente, cuando estaba intentando sacar algunas piedras que habían aparecido, el muchacho escuchó pasos. Algunas personas se acercaron a él. Estaban contra la luna, y no podía ver sus ojos ni su rostro.

—¿Qué estás haciendo ahí? —preguntó una de las siluetas.

El muchacho no respondió. Pero tuvo miedo. Tenía ahora un tesoro para desenterrar, y por eso tenía miedo.

—Somos refugiados de la guerra de los clanes —dijo otra silueta—. Tenemos que saber qué escondes ahí. Necesitamos dinero.

—No escondo nada —respondió el muchacho.

Pero uno de los recién llegados lo agarró y lo sacó del agujero. Otro comenzó a registrar sus bolsillos. Y encontraron el pedazo de oro.

—¡Tiene oro! —dijo uno de los asaltantes.

La luna iluminó el rostro del asaltante que lo estaba registrando y él pudo ver la muerte en sus ojos.

—Debe de haber más oro escondido en el suelo —dijo otro.

Y obligaron al muchacho a cavar. El muchacho continuó cavando y no había nada. Entonces empezaron a pegarle. Continuaron pegándole hasta que aparecieron en el cielo los primeros rayos del sol. Su ropa quedó hecha jirones, y él sintió que su muerte estaba próxima.

«¿De qué sirve el dinero, si tienes que morir? Pocas veces el dinero es capaz de librar a alguien de la muerte», había dicho el Alquimista.

—¡Estoy buscando un tesoro! —gritó finalmente el muchacho.

Y con la dificultad de su boca herida e hinchada por los puñetazos, contó a los salteadores que había soñado dos veces con un tesoro escondido junto a las Pirámides de Egipto.

El que parecía el jefe quedó largo rato en silencio. Después habló con uno de ellos:

—Puedes dejarlo. No tiene nada más. Debe de haber robado este oro.

El muchacho cayó con el rostro en la arena. Dos ojos buscaron los suyos; era el jefe de los salteadores. Pero el muchacho estaba mirando a las Pirámides.

—¡Vámonos! —dijo el jefe a los demás.

Después se dirigió al muchacho:

—No vas a morir —dijo—. Vas a vivir y a aprender que el hombre no puede ser tan estúpido. Aquí mismo, en este lugar donde estás, yo también tuve un sueño repetido hace casi dos años. Soñé que debía ir hasta los campos de España, buscar una iglesia en ruinas donde los pastores acostumbraban dormir con sus ovejas y que tenía un sicomoro dentro de la sacristía, y que si yo cavaba en las raíces de ese sicomoro, encontraría un tesoro escondido. Pero no soy tan estúpido como para cruzar un desierto sólo porque tuve un sueño repetido.

Después se fue.

El muchacho se levantó con dificultad y contempló una vez más las Pirámides. Las Pirámides le sonreían, y él les devolvió la sonrisa, con el corazón repleto de felicidad.

Había encontrado el tesoro.

EPÍLOGO

El muchacho se llamaba Santiago. Llegó a la pequeña iglesia abandonada cuando ya estaba casi anocheciendo. El sicomoro aún continuaba en la sacristía, y aún se podían ver las estrellas a través del techo semidestruido. Recordó que cierta vez había estado allí con sus ovejas y que había sido una noche tranquila, excepto por el sueño.

Ahora ya no tenía el rebaño. En cambio, traía una pala.

Permaneció mucho tiempo contemplando el cielo. Después sacó de la alforja una botella de vino y bebió. Se acordó de la noche en el desierto, cuando también había mirado las estrellas y bebido vino con el Alquimista. Pensó en los muchos caminos que había recorrido y la manera extraña que tenía Dios de mostrarle el tesoro. Si no hubiera creído en los sueños repetidos no habría encontrado a la gitana, al rey, al ladrón, ni... «bueno, la lista es muy grande. Pero el camino estaba escrito por las señales, y yo no podía equivocarme», se dijo a sí mismo.

Se durmió sin darse cuenta y cuando despertó, el sol ya estaba alto. Entonces comenzó a cavar en la raíz del sicomoro.

«Viejo brujo —pensaba el muchacho—, lo sabías todo. Hasta incluso dejaste aquel poco de oro para que yo pudiera volver hasta esta iglesia. El monje se rió cuando me vio regresar harapiento. ¿No podías haberme evitado esto?»

«No —escuchó que respondía el viento—. Si yo te lo hubiese dicho, tú no habrías visto las Pirámides. Son muy bonitas, ¿no crees?»

Era la voz del Alquimista. El muchacho sonrió y continuó cavando. Media hora después, la pala golpeó algo sólido. Una hora después él tenía ante sí un baúl lleno de viejas monedas de oro españolas. Había también pedrería, máscaras de oro con plumas blancas y rojas, ídolos de piedra con brillantes incrustados. Piezas de una conquista que el país ya había olvidado mucho tiempo atrás, y que el conquistador olvidó contar a sus hijos.

El muchacho sacó a Urim y Tumim de la alforja. Había utilizado las piedras solamente una vez, una cierta mañana en un mercado. La vida y su camino estuvieron siempre llenos de señales.

Guardó a Urim y Tumim en el baúl de oro. Eran también parte de su tesoro, porque le recordaban a un viejo rey que jamás volvería a encontrar.

«Realmente la vida es generosa con quien vive su Leyenda Personal», pensó el muchacho. Entonces se acordó de que tenía que ir hasta Tarifa, a dar una décima parte de todo aquello a la gitana. «Qué listos que son los gitanos», pensó. Quizá fuese porque viajaban tanto.

Pero el viento volvió a soplar. Era el levante, el viento que venía de África. No traía el olor del desierto, ni la amenaza de invasión de los moros. Por el contrario, traía un perfume que él conocía bien, y el sonido de un beso que fue llegando despacio, despacio, hasta posarse en sus labios.

El muchacho sonrió. Era la primera vez que ella hacía esto.

—Ya voy, Fátima —dijo él.

IMPRESO EN

MARZO DEL 2005 EN

GRÁFICAS MONTE ALBÁN, S. A. DE C. V.

FRACC. AGRO INDUSTRIAL LA CRUZ

EL MARQUÉS. QRO. MÉXICO